천국에서 돌아오다

천국에서 돌아오다

하창수 장편소설

bookin

위안이 되지 못할 천국을 위하여

신이 만약 내게 천국과 지옥 중 어느 한 곳을 경험하게 해주겠으니 고르라고 한다면, 나는 지옥을 택할 것이다. 이유는 간단하다. 그렇게 하는 것이 다시 '지옥 같은 삶'을 만났을 때 더 유용할 것이기 때문이다.

지옥의 나날을 살아가는 이에게 천국은 결코 위안이 되지 못한다. 희망은 저주의, 기쁨은 부끄러움의, 낭만은 모멸의 동의어일 뿐.

2016년 12월

하창수

차례 ●

천국에서 돌아오다

깨달음을 향해 나아가는 구부러진 직선

다른 나라에서 나는 여행객으로 돌아다닌다.

하지만 인도를 돌아다닐 때의 나는 순례자가 된다.

— 마틴 루터 킹

프롤로그

어느 날, 라마할디는 깨달음을 얻었다.

깨달음을 얻은 라마할디는 옳고 그름으로부터 자유로워졌고, 삶과 죽음을 초월했다. 고행하는 자들에게 가장 큰 고민거리였던 먹고 마시는 일도 더 이상 그를 괴롭히지 않았다. 먹지 않아도 배가 고프지 않았고, 마시지 않아도 목이 마르지 않았다. 의심 많은 자들이 몰래 그의 처소로 숨어들어 몇 날 며칠 그를 지켜보았지만 그는 정말 아무 것도 먹지 않았다. 물 한 모금조차 입에 대지 않았다. 그는 아예 뒷간으로 가질 않았다. 먹은 게 없으니 몸 밖으로 내보낼 것도 없었던 것이다. 그가 하는 일은 오직 묵상뿐이었다. 이따금 찾아오는 사람들을 만나긴 했지만, 그는 얘기를 듣기만 할 뿐 아무 말도 하지 않았다. 마침내 사람들의 발길마저 완전히 끊어졌다.

어느 날, 태식(胎息)[1]을 하며 묵상에 잠겨 있던 라마할디는 몸

1) 코나 입을 사용하지 않고 태아가 자궁 속에 있을 때처럼 호흡하는 것. 호흡수행의 궁극으로, 태식에 의해 인간은 비로소 인간을 초월해 신의 경지에 이를 수 있다는 믿음을 가진 수행자들이 있다.

이 공기처럼 가벼워지는 것을 느꼈다. 그때 감고 있던 눈을 떴는데, 그의 눈앞이 칠흑처럼 어두웠다. 밤이 와서 그런 게 아니었다. 그의 눈앞에 드리워진 칠흑의 장막은 마치 검정 빛깔의 거대한 점토판 같았다. 그는 조심스럽게 손을 뻗었다. 그의 손에 닿은 것은 정말 점토판이었다. 아무 것도 쓰여 있지 않았고, 아무 것도 그려져 있지 않았다. 라마할디는 까마득히 높은 점토판 우측 맨 위로 가볍게 떠올라 손가락 끝을 움직여 점토판에 뭔가를 쓰기 시작했다.

그의 손가락이 움직인 자리에 글씨가 새겨졌다. 훗날 그의 이름을 따 『라마할디』라는 이름이 붙은 기이한 이야기책은 그렇게 쓰였다.

1. 애틀란타를 떠나며

"조(Cho), 그대는 시작이나 끝이 있다고 생각하나?"

아함무르 박사는 새하얀 수염을 손바닥으로 쓰다듬으며 나를 물끄러미 건너다보았다. 나는 대답 없이 미소만 지어보였다. 시작도, 끝도, 있지요. 당연한 거 아닙니까. 그렇게 대답하고 싶었지만, 당연한 걸 물을 땐 그만한 이유가 있을 터였다. 내가 박사의 물음에 그저 미소만 지어보인 건 그 이유란 걸 알 수 없었기 때문이다. 왜 당연한 걸 묻는 겁니까, 박사님? 나는 그 말을 입안에 붙들어둔 채 그를 물끄러미 바라보았다.

"이렇게 한 번 생각해보게."

발설하지 않은 내 물음에 답이라도 하듯 아함무르 박사가 입술을 움직였다. 낮지만 단호한 목소리가 박사의 입술 밖으로 흘러나왔다.

"오직 중간만 있다고 말이야."

그리곤 양복 안주머니에서 동그랗게 말아놓은 걸 꺼내더니 펼쳐보였다. 그의 손에 펼쳐진 것은 손바닥 두 개 크기의 누런 천 조각이었다. 박사는 그걸 무척이나 조심스럽게 내밀었다.

마치 통행허가증이라도 건네듯.

"자, 이걸 받게. 내가 직접 쓴 걸세. 여행을 하는 중에 그대의 영혼이 아주 조그마한 혼란에라도 빠지거든 언제든 펼쳐보게나. 소리 내어 읽어보면 더 좋을 걸세. 그대는 목소리가 좋으니 더없이 효과적일 거야. 만트라[2)]가 따로 없지."

그것은 파피루스에 푸른 색 염료를 나뭇가지에 찍어 한 땀 한 땀 수놓듯 당신이 직접 쓴 로버트 프로스트의 시였다. 인도 대륙을 가로지르는 동안 아마도 나는 그걸 백 번은 더 꺼내 읽었을 것이다. 때로는 눈으로만 보기도 했고, 이따금은 박사가 일러준 대로 소리를 내어 읽기도 했다. 인도 남단 마두라에서 대륙과 섬(실론=스리랑카)을 잇는 해협 '아담의 다리'를 건너는 배 안에서도 예의 나는 애틀랜타 공항을 떠날 때 아함무르 박사가 건네준 그 시를 중얼거리고 있었다.

그대 찾고 있군, 조.

존재하지 않는 것을 말이야.

---

2) 주로 주문(呪文)이라는 의미로 쓰이나, 소리가 지니는 울림을 통해 '나'와 우주가 합일이 되는 이른바 범아일여(梵我一如)의 경지에 이를 수 있다는 점이 강조되어 요가의 중요한 수행법 중 하나로 사용된다. 불교의식에서 염불이 이에 해당되는데, 이는 불교가 인도의 베다 전통과 깊은 관련이 있음을 시사한다.

나는 시작을 말하는 걸세.
시작을, 그리고 끝을.
끝과 시작 — 세상에
그런 것은 없다네.
존재하는 건 오직 중간뿐이지.

시를 중얼거릴 때마다 그랬듯 나는 또다시 묘한 신비감에 빠졌다. 아함무르 박사의 말처럼 프로스트의 시와 당신의 글씨, 그리고 중얼거리는 내 목소리가 합쳐져 그야말로 만트라와 같은 신비한 공명을 만들어내기 때문인지도 몰랐다. 하지만 '아담의 다리' 위에서 느낀 그것은 뭔가 달랐다. 신비감이 완연히 탈색되어버려서 머지않아 허탈감으로 변해버릴 것만 같았다.

나는 완전히 지쳐 있었다. 몸 곳곳에서 솟아오른 끈적거리는 땀은 온몸을 기분 나쁘게 휘감았다. 안락한 침대에 누워버리면 다시 일어나고 싶지 않을 것 같았다. 아득한 잠 속으로 깊이 잠수해버리고 싶었다.

내가 완전히 지쳐버린 것은, 그래서 프로스트의 시를 읊조릴 때마다 전해져오던 오묘한 신비감마저 심각하게 훼손돼버린 것은, 인도 대륙의 북단 델리에서 시작해 대륙의 남단에 이른

석 달 동안 내 손에 쥐어진 거라곤 힌두어로 된 소책자 하나뿐이라는 사실과 무관하지 않았다. 그래봤자 그 책은 글깨나 쓸 줄 아는 어떤 정신나간 마법사의 황당하기 짝이 없는 얘기책일 뿐이라는 게 전날 밤에야 마지막 부분을 다 읽은 내 솔직한 심경이었다. 결코 그것은 석 달이나 공을 들인 탐사 여행의 성과일 수는 없었던 것이다.

가방을 들출 때마다 때에 전 옷가지들 사이에서 빠끔히 나를 올려다보고 있던 그 책은, 그렇다고 완전히 무시해버릴 수도 없는 고약한 동행인과 같았다. 사실 나는 몇 번이나 그 책을 던져버리고 싶었다. 넣고 다니기가 버거울 정도로 무게가 나가는 책이 아니었기 망정이지 조금이라도 두껍기만 했어도 추운 밤의 불쏘시개로 한참 전에 재가 되어버렸을 것이다.

『라마할디』.

뭔가 그럴듯한 얘기를 숨기고 있을 법한, 프로스트의 시보다는 훨씬 매력적일 것 같은, 만지면 깊게 가라앉은 열반의 속삭임이 스멀스멀 기어나올 것 같은, 그런 책이었다. 물론 처음엔 그랬다는 얘기다. 사실, 첫 장을 펼쳤을 때 맞닥뜨린 문장은 황홀함 그 자체였다.

신의 영혼을 가진 자, 위대한 샤의 후예들에게

힌두어에 그리 밝은 건 아니었지만, 그 에피그램이 가해오는 황홀한 내음은 충분히 맡을 수가 있었다. 바로 그 때문이었다. 탐사 여행의 끝을 향해 가고 있는 지금까지 나로 하여금 그 책을 버리지 못하게 만든 것은, 결국 『라마할디』를 펼칠 때마다 거룩한 신의 음성처럼 마주쳤던 그 첫 문장 때문이었다. 그 중에서도 『라마할디』를 거머쥔 내 팔뚝에 소름을 돋게 한 것은 '신의 영혼'이라는 절묘한 수사(修辭)였다. 도대체 신에게 영혼이라는 단어를 붙일 수 있는가? 신의 영혼이라는 조어(造語)는 결국 '신의 몸'이라는 말도 가능하다는 놀랍도록 강렬한 선언이었다.

'신에게 영혼이라니…….'

하지만 누렇게 바랜 책자들이 잔뜩 쌓여 있던 델리의 한 중고서적 판매소 구석에서 내가 그 책을 발견하고 첫 장을 펼쳐본 뒤 무려 이백 달러나 주고 구입하게 된 것은, 실은, 에피그램 속에 들어 있던 '샤'라는 단어 때문이었다. 그것은 탐사 여행의 주제인 '인도 무굴제국 흥망사(興亡史)'와 곧바로 연결되는 단어였던 것이다.

샤는, 16세기 초반(서기 1526년)에 건국해 영국과의 전쟁에서 패하여 델리 부근의 소왕국으로 전락할 때까지 약 230년간 지속된 인도 무굴왕조에서 통치자인 왕을 의미하는 말이었다. '왕중의 왕' 혹은 '황제'라는 뜻을 담고 있는 페르시아 아케메네스 왕조의 고대어 '샤얀샤(Khshaynthiya)'는 이슬람 시대의 이란과 무굴제국보다 앞선 티무르제국에서도 그대로 사용되었는데, 이슬람이 이란 고원과 힌두쿠시 산맥의 동쪽까지 진출해 있었음을 증명한다. 하지만 통치자를 지칭하는 다른 용어들과는 달리, 샤는 신권(神權)이 부여된 신성하고 위대한 통치자임에도 불구하고 당대 사람들에게는 권력의 소멸과 함께 땅으로 돌아가는 자연물적 존재로 여겨졌다. 그야말로 삶과 죽음을 가장 온전하게 신과 함께하는 존재였던 것이다.

*

델리에서 시작된 나의 탐사 여행은 서부의 항구도시 뭄바이까지 오는 데 한 달을 허비해야 했다. 무굴제국의 주도(主都)였던 델리와 무굴제국의 상징이라고 할 수 있는 묘지 타지마할이 있는 아그라를, 나는 마치 트로이를 발견한 하인리히 슐리만이라도 되는 양 수없이 왕복하며 꼬박 한 달을 보낸 것이다. 하지만 처음부터 어떤 갈급함에 시달린 것은 아니었다. 다만 '크다' 혹은 '웅장하다'는 관념을 물리적으로 체험할 수 있었던 날들이었다.

아그라의 타지마할은 하나의 거대한 아름다움이었다.

고대 서사시 「마하바라타」에 '천국의 정원(아그라바나)'이라는 이름으로 등장할 정도로 유서 깊은 도시 아그라는 16세기 중엽 무굴제국의 황제 악바르가 주도로 삼으면서 번성한, 도시의 모든 사적(史蹟)들이 무굴시대의 것일 정도로 무굴 그 자체라고 해도 좋을 도시였다. 그곳에 있는, 악바르 황제의 손자인 제5대 왕 샤 자한의 왕비 뭄타즈마할의 죽음이 깃든 타지마할은 '크다' 혹은 '웅장하다' 혹은 '아름답다'는 관념이 인간의 정서 속으로 들어와 앉을 때 얼마나 많은 '크지도, 웅장하지도, 아름답지도 않은' 것들을 숨겨놓아야 하는지를 몸 전체로 알려주었다. 그것은 17년 동안 열네 명의 아이를 낳고 열다섯 번째 아이를 낳으려다 죽어간 한 여인의 비극이 숨어 있기 때문만이 아니었다. 그것은 오히려 전혀 숨겨지지 않은 채 크고 웅장하고 아름다운 건축물과 함께 가슴을 당당하게 내밀며 역사라는 비석에 굵은 글씨로 남겨져 있었다. 그런 점에서 이미 그것은 비극일 수 없었다. 그러나

20년 이상 세계 각지의 진귀한 돌과 전문 기술자를 끌어모은 끝에 거대한 묘지가 완성되자 똑같은 건축물을 짓지 못하도록 기술자들의 손을 잘라버렸다는 얘기에 이르면, 관념의 순정성을 찾는 일이란 불가능하다는 결론에 도달하고 만다.

그 때문이었을 것이다. 어느 순간, 타지마할은 거대한 아름다움이 아니라 그저 거대한 대리석 덩이에 지나지 않았다.

아침과 한낮과 놀이 질 때가 서로 너무나 달라 세 개의 타지마할이 존재한다는 인간들의 감상법은 목구멍에 실을 넣고 먹은 걸 죄다 게워낸 뒤에 또다시 먹을 것을 찾아나서는 미식가들의 작태와 달리 보이지 않았다. 하지만 보름달 아래 던져진 타지마할의 고혹한 자태 앞에만 서면 나는 흔들릴 수밖에 없었다. '예술을 위한 예술'이 진정한 예술이라고, 낯익은 한 예술지상주의자가 내 마음의 한켠에서 피켓을 번쩍 들고 있었다. 하지만 야무나 강 건너편에 자신이 죽은 뒤 검은 대리석으로 무덤을 짓고 그곳과 타지마할을 연결하는 다리를 놓겠다던 샤 자한의 이루지 못한 꿈에 이르렀을 때, 나는 다시 지친 현실로 돌아와 있었다. 멀리 타지마할이 건너다보이는 야무나 강변, 샤 자한의 할아버지 악바르 황제에 의해 세워진 호화로운 궁전 아그라 포트에서 나는 애틀랜타 공항에서 아함무르 박사로부터 건

네받았던 프로스트의 시가 신비주의적 주문이 아니라 매우 현실적인 발언일지 모른다는 생각에 빠져 들었다.

그대 찾고 있군, 조.
존재하지 않는 것을 말이야.
나는 시작을 말하는 걸세.
시작을, 그리고 끝을.
끝과 시작 — 세상에
그런 것은 없다네.
존재하는 건 오직 중간뿐이지.

그때 내가 도달한 곳은, '역사란 현재의 거울'이라는 절묘한 잠언조차 무의미한 침묵에 갇혀버린, 어둡고 고요할 뿐인 언어의 공동묘지였다. 타지마할도, 아그라 포트도, 더없이 잔잔한 야무나 강도, 밖으로 드러난 봉분만이 존재를 알릴 뿐인, 한낱 공동묘지를 구성하고 있는 하나씩의 무덤일 뿐이었던 것이다. 역사란 실은 언어가 도달하지 못하는, 혹은 도저히 언어로 건져낼 수 없는, 그래서 그렇게 오랜 세월을 오직 형상화에 매달려 온 인간들의 잔혹한 허위 혹은 무지의 소산이었다.

'어렵게 얘기하지 말자!'

나는 내게 속삭였다. 그랬다. 쉽게 말하자.

"우리는 역사에 속아왔어. 슐리만은 트로이에 농락당했을 뿐이야!"

해지는 야무나 강변에서 나는 온몸을 휘저으며 고함을 질렀다.

인도의 혼탁한 주정(酒精)에 반쯤 점령당해 있던 나는 무굴제국의 유서 깊은 유적들로부터 아무런 자료적 가치도 얻어내지 못했다는 심리적 부담과 거기서 생겨난 불안에 온통 싸여 있었다. 어쩌면 그런 불안이 나로 하여금 『라마할디』에 매달리도록 만들었을지도 모른다. 하지만 델리를 떠나 뭄바이로 날아올 때까지 3분의 1쯤 해독해놓은 『라마할디』는 점점 '마지막 희망'이 되어가고 있었다.

말발굽 소리가 사막 밖으로부터 몰려와 마을을 지나가는 동안 늙은이들이 차례로 죽어갔습니다. 여기서 차례로 죽어갔다는 건 죽음을 맞이하는 순서를 말합니다. 그러니까 사막으로부터 말발굽 소리가 지나가는 동안 마을에서 가장 나이가 많은 사람부터 순서에 따라 저 세상으로 떠난 거지요. 그것은 갑작스럽게 시작되었습니다. 어느 날 홀연히 사막으로부터 말발굽 소리가 들려왔고, 그것이 시작이었습니다. 그 후로 말발굽 소리가 우리의 머리 위를 지날 때마다 연장자들이 하나씩 하나씩 차례로 죽어갔습니다. 나이가 많은 순서대로 숨이 끊어지는 건 마치 맨 먼저 대지를 뚫고 나온 풀이 맨 먼저 대지에서 사라지는 것과 같았습니다. 탄생의 순서 그대로 죽음이 찾아온 겁니다. 무슨 특별한 뜻이 있었던 걸까요? 우리는 궁리하고 생각하고 고민했습니다. 아무리 죽고 싶어도 순서가 찾아오지 않으면 죽을 수 없다는 것 — 이 사실은 생각보다 훨씬 고통스러운 일이었죠. 아무리 깊은 병이 들어도, 고통으로 곧 죽을 것만 같아도, 자신보다 연장자가 살아 있는 한 결코 죽을 수 없다는 것 — 이것이 어떤 일인지 이해하시겠습니까?

어느 날 갑자기 나이에 따라 죽음의 차례가 정해지는, 어느 마을에 닥친 황당한 사실로부터 시작하는 얘기책은 내 뒤통수를 보기 좋게 갈겨버렸다. 나는 다운되기 직전의 복싱선수처럼 멍해져버렸다. 도리가 없었다. 『라마할디』의 첫 장에 쓰여 있던 '신의 영혼을 가진 자, 위대한 샤의 후손들에게'라는 문장이 가져다주었던 충만감은 썰물처럼 빠져나간 지 오래였다. 마치 속임수에 걸려든 듯한 느낌에서 헤어나지 못한 채 나는 행갈이도 없이, 그저 길게 늘어뜨려진 밧줄처럼 끝없이 한 줄로 이어져가는 아득한 문장의 상여를 따라갈 수밖에 없었다.

『라마할디』는 정말 죽음의 골짜기로 유인하고 있었는지도 몰랐다.

또다시 사막 밖에서 말발굽 소리가 들려왔습니다. 루비누라는 노인이 옥수수를 한 알씩 뜯어 손주에게 먹이며 말했습니다. 얘야, 넌 천마(天馬)를 만날 수 있을지 모르겠구나. 하지만 난 이제 틀렸어. 저 말발굽 소리가 들리지? 저 소리가 우리 머리 위를 지날 때쯤이면 이 할애비는 더 이상 이 세상 사람이 아니야. 노인의 말이 끝나기 무섭게 옥수수 대궁으로부터 천천히 노인의 손가락이 흘러내렸습니다. 그리고는 노인의 등이 먼저 벽에, 좀 세게 부딪쳤습니다. 그 다음으로 뒷목의 뼈와 머리가 차례로 벽을 때렸습니다. 이제 겨우 세 살이나 되었을까 싶은 아이는 노인의 손을 빠져나와 바닥을 뒹굴고 있는 옥수수를 주웠습니다. 그리고는 제 할아버지가 했던 것과 꼭 같이 고사리 같은 손가락을 움직여 옥수수 알갱이를 파내기 시작했습니다. 잘 파내지지 않자 아이의 얼굴은 점점 빨갛게 달아올랐습니다. 바닥에 드러누운 노인은 이제 어떤 움직임도 보이시 않습니다. 쓰디쓴 미소 한 조각이 늙은 얼굴의 어딘가에 남아 있는 듯도 했지만 그것마저 말발굽 소리가 지붕 위를 지나 점점 희미해져가면서 완전히 사라져버렸습니다. 사람들은, 사막 밖으로부터 말발굽 소리가 들려오면 숨을 열 번 정도 쉬는 짧은 동안에 머리 위를 지나가고, 그러면 마을에서 가장 나이가 많은 사람이 죽어간다는 사실을 아무도 부정하지 않았습니다. 세 살짜리 사내아이조차 마치 그 사실을 완전히 알아채버린 듯 노인의 죽음에는 아랑곳하지 않은 채 그저 옥수수 알갱이를 파내기 위해 열심히 손가락을 움직이고 있을 뿐이었습니다.

늙은 농부의 마당을 가로질러온 여인이 무표정한 얼굴로 문을 열었습니다. 빳빳한 갈잎을 꼬아 만든 커다란 자루를 옆구리에 찬 중년의 여자가 실내로 들어서자 아이가 그녀를 올려다보았습니다. 할아버지 주무시니? 여자는 아이가 대답하지 않을 거라는 걸 뻔히 알면서도 쓰러져 있는 노인을 일별하며 물었습니다. 노인의 죽음에 대해 아무런 감정도 나타내 보이지 않았던 아이가 여자의 말에 반응을 보일 까닭이 없죠. 아이는 단 한 알도 파내지 못한 옥수수를 증오에 찬 눈으로 내려다보고 있다가 다시 시도를 했습니다. 여자는 옆구리에서 자루를 내려놓았습니다. 그리고는 어둑한 실내를 건어내기라도 하듯 손바닥으로 눈앞을 한 번 휘젓고는 반듯하게 드러누운 노인에게로 다가갔습니다. 헉! 여자의 입에서 바람이 새듯 외마디가 불쑥 튀어나왔습니다. 여자는 상체를 뒤로 젖힌 채 하체를 내미는, 뭔가 께름칙한 것을 발견한 사람의 전형적인 동작을 취했습니다. 그녀의 오른쪽 발이 슬금슬금 노인에게로 다가갔습니다. 여인의 발이 노인의 오른쪽 옆구리에 닿을 때쯤, 사막 밖으로부터 다시 우르르, 우르르, 말발굽 소리가 들려오기 시작했습니다. 아이는 여전히 옥수수 알갱이 파내기에 몰두했고, 여인은 소리가 들려온 쪽으로 눈알을 움직였습니다. 그제야 여인은 자신의 아버지에게 무슨 일이 일어났는지를 알았으며, 지금 들려오고 있는 저 소리가 무슨 일을 일으킬는지도 알 수 있었습니다.

2. 만들어진 진실

뭄바이에 도착한 날, 뜬눈으로 밤을 새운 내가 애틀랜타로 전화를 건 것은 아함무르 박사가 공항에서 건네주었던 프로스트의 시 같은 걸로는 더 이상 지친 영혼을 위로받을 수 없었기 때문이었다. 물론 그런 게 효과를 가질 거라고 생각할 정도로 나는 신비주의와 절친한 사람이 아니었다. 당시의 솔직한 내 심정은, "그만 돌아오게" 라는 소리를 아함무르 박사로부터 듣는 거였다.

"오, 조?"

"예, 박사님."

한 달여 만에 하는 첫 통화였다. 그 동안 전화를 걸지 않았던 것을 나는 오히려 잘한 일이라고 생각하고 있던 중이었다. 그만큼 탐사 여행에 충실했었다는 느낌을 은근히 주고 싶었다. 아함무르 박사는 그 동안 소식이 없어 몹시 궁금해 있었던 모양인지 목소리가 붕붕 날았다. 말기암 환자의 목소리라고는 믿어지지 않았다.

"조, 난 그대가 히말라야에 묻혀버린 게 아닌가 했다네. 구루와 아슈람과 수행자들 사이에 말이야, 허허허!"

"실은 구루들에게 제 몸과 마음을 바쳐버리자는 유혹과 싸우느라고 아주 혼이 났더랬습니다."

"넌센스! 차마 그러지 말게. 그대의 눈에 보이는 구루는 이미 구루가 아닐세. 시티 오브 조이[3], 알지? 위대한 자들은 아슈람이 아니라 저자거리의 빈민들 속에 있으니 그대의 눈에 띌 리가 없지. 캘커타는 들렀었나?"

"아닙니다. 캘커타는 엄두에도 내질 못했어요. 그 동안 죽 델리에 머물러 있었죠. 어제 저녁에야 여기 뭄바이에 도착했습니다."

"그랬구만. 캘커타를 보았다면 아마 내 말을 실감했을지도 모르지……. 사실 아무리 잘 들여다봐도 잘못 보이는 게 인도라는 나라야. 누군가 그랬지. 인도는 복수(複數)다, 라고 말야. 조, 불교 나라에서 살았으니 천수관음(千手觀音)은 알 테지. 인도가 바로 그런 존재야. 천 개의 손이 제각각 하나씩의 손 노릇을 하는, 뭐랄까, 아주 복잡한 미로와 같다고 할까. 통하는 문은 하

3) 자신이 돌보던 환자가 사망하면서 생명의 덧없음을 느끼고 깨달음과 구원을 찾아 인도로 온 미국의 한 청년의사가 캘커타의 빈민촌에서 무료 진료소를 세워 활동하는 이야기를 다룬 다큐멘터리 풍의 소설로 유명한 도미니크 라피에르의 작품으로, <미션>의 명감독 롤랑 조페가 영화로 만들어 더욱 유명해졌다.

나지만 그럴듯해 보이는 수많은 길들이 막히고 끊어져 있는 미로 말이야. 길이지만 길이 아닌. 그러니 인도를 뭐라 딱 꼬집어 말하는 건 허용되질 않아."

오랜만의 통화였던 탓인지 아함무르 박사는 자신의 고국을 처음으로 여행하는 조수에게 열심히 설명을 하고 있었다. 열심히 설명은 하고 있었지만, 조국에 대한 자랑처럼 들리지는 않았다.

"내가 왜 구루나 아슈람에 붙들리지 말라고 하는지 아나? 거두절미, 인도를 향한 명상의 길잡이들은 허수아비를 두려워하는 참새들과 같은 존재란 말야. 지레 겁을 집어먹거든. 경외(敬畏)나 숭모(崇慕)도 마찬가지야. 그건 보고 느끼고 나서 가진 경외감이 아니라, 보지도 느끼지도 못한 상태에서 가진 경외니까. 그건 그저 두려움일 뿐이지. 그런 참새들이 감히 들판으로 덤벼들 수가 있겠나? 어림없어. 그리고 참새들은 또 저들끼리 허수아비에 대해서 얼마나 많은 상념들을 갖다 붙이겠어? 이집트의 피라미드를 과장스럽게 신비화시켜버렸던 것하고 비슷하지."

침을 꿀꺽 삼키는 소리가 아득한 거리를 건너와 내 귓속으로 밀려들고 있었다. 하지만 그 소리만으로는 애틀랜타와 뭄바이의 거리감은 전혀 느낄 수가 없었다.

"참새들은 두려우면서도 들판을 떠나질 못해. 왜냐하면, 거기에 뭔가 색다른 곡식들이 익고 있다는 걸 알고 있으니까. 그런데 허수아비의 주위를 맴돌던 어떤 놈이 용감하게 들판으로 뛰어내려가 낱알 하나를 물고 올라왔다고 쳐봐. 당연히 난리가 날 테지. 문제는 거기서부터 시작되는 거야. 그건 그저 하나의 낱알일 뿐이지만 엄청난 힘을 발휘하게 되지. 만약 그걸 자기의 땅으로 가져다가 고이 심었다면 언젠가는 정말 엄청난 힘이 될지도 모르잖아. 하지만 참새들은 그걸 땅에다 심을 생각은 결코 하질 않아. 대신 그걸 유리 상자에다 가둬놓고는 다른 참새들을 불러모으는 거야. '너무 가까이 가지마!'라고 소리를 치면서. 그러면 놈들은 꼼짝을 못해. 그런데 그게 얼마나 가겠나. 유리 상자에 갇힌 낱알은 겉보기에는 멀쩡해 보여도 실은, 이젠 땅에다 심어도 더 이상 싹을 틔울 수 없는 죽은 씨앗일 뿐이지. 그 뒤에 어떤 일이 일어날는지는 뻔해. 다시 허수아비가 지키는 들판으로 날아가 두려움을 무릅쓰고 용감하게 뛰어든다면 희망은 있어. 그런데 그 짓을 하는 참새는 어리석고 무모하다는 욕을 얻어먹을까봐 꾀를 내지. 그럴듯하게 생겨먹은 낱알을 구해다가 수시로 갈아놓거든. 아무도 유리 상자를 열어보진 않을 테니까."

아함무르 박사는 자신의 얘기가 너무 장황했는지 거기서 말을 끊었다.

"아, 그건 그렇고!"

박사도 자신의 얘기가 너무 장황했다는 걸 머쓱해하는 눈치였다.

"박사님, 너무 걱정하지 마세요. 제가 인도로 온 건 요가나 명상을 배우러 온 게 아니잖아요. 그건 누구보다 제 자신이 잘 알고 있습니다. 참, 싱가포르에서는 자료들이 왔나요?"

"일주일 전에 몇 개가 도착했는데, 꽤 쓸 만한 것들이 있더구만."

아함무르 박사는 인도에서 태어나 20대였던 1970년대에 싱가포르로 가족들이 모두 이주를 한 탓에 국적은 싱가포르였다. 그래서 싱가포르 내의 대학들에는 박사의 인척이나 친구들이 상당수 있었다. 싱가포르에서 학부를 마치고 미국으로 유학을 온 그는 인도철학의 Ph.D(철학박사)를 취득했다. 박사학위 취득 후 약 3년 동안 그는 아랍의 한 회교단체 산하의 '이슬람문화학회'라는 연구소에서 티무르제국이나 무굴제국과 같은, 이른바 '동방(東方) 이슬람' 체제에서 회교(回教)가 어떤 영향을 미쳤는가를 연구하는 연구원으로 재직한 바 있었다.

*

시간이 날 때마다 그는 당시를 감회어린 목소리로 회고하곤 했는데, 그에게 있어 그 3년은 300년을 살아도 하기 힘든 다양한 경험을 할 수 있는 시간이었다. 역사와 철학, 종교, 예술은 물론이고 말로만 들어왔던 수피즘[4]을 그는 생애 처음으로 속 깊은 곳까지 접촉할 수 있었다. 수피즘은 신에 대한 사랑을 바탕으로 신과의 합일을 체험하려는 다분히 진보적인 성향의 영성운동이다. 유대교의 신비주의나 불교, 힌두이즘 등과 마찬가지로 수피즘 역시 모든 초자연적 내지 초월적 현상을 자연스럽게 받아들이는 범아일여(梵我一如)의 사상을 지니고 있다. 모든 것은 하나의 원류(原流)에서 나왔으며 다시 그 원류 속으로 회귀한다는 신(新)플라톤 주의 사상에 뿌리를 두고 있는 수피즘이 처음 생겨난 것은 7~8세기 무렵 서아시아에서 북아프리카, 그리고 에스파냐에 이르는 광대한 영토를 지배하던 이슬람제국 우마이야 왕조의 세속적 타락에 대한 반발로부터였다. 아랍 크라이시 부족의 상인가문 출신인 무아위야 1세가 건설해 8세기 초기

---

4) 이슬람교도의 일부가 신봉하는 일종의 신비주의 신념 또는 사상.

에 최성기를 맞아 중앙아시아, 북서인도, 에스파냐를 차례로 정복한 우마이야 왕조는 프랑스 원정에 나섰다가 투르 전투에서 패하면서 쇠락의 길로 접어들었다. 이슬람의 법학, 자연신학, 문법학, 전승학(傳承學)이 모두 이 왕조에서 시작될 정도로 문화적 저변이 공고했으나 영적(靈的) 토대는 지나치게 통치적 규율에 얽매여 있었다. 모든 신비주의 내지 영성주의적 종교가 비슷한 양상을 보이지만, 신학의 형식적이고 논리적인 방식에 대해 수피즘은 특히나 강한 직관주의로 맞선 것이 특징이라고 할 수 있다. 수피즘의 대표적 인물인 알 할라즈(Al Hallaj : 858?~922)의 "나는 신이다"라는 유명한 선언은, 수피즘이 궁극적으로 어디를 지향하고 있는가를 극명하게 드러내는 예일 것이다. 이슬람 신비주의의 사표(師表) 구실을 하는 할라즈는, 소년 시절부터 금욕적인 생활에 매료되어 심오하고 내적인 의미를 이해하고 싶어 했다고 전해진다. 이슬람 신비주의 태동기에 청년 시절을 보내고 속세를 떠나 스승을 찾아다니며 수학하던 그는 895년경에서 910년의 15년여 동안 설교를 하고 학생들을 가르치는 일과 더불어 집필을 하면서 방랑의 발길을 멈추지 않았다. 지나치다 싶을 정도의 방랑벽과 심오한 신비 체험을 사람들과 함께 공유하려 했던 그의 태도는 오히려 수피 스승들로부터 규율에 벗어났다는 지적을 받게 만들었고, 급기야 스스로를 신이라고 선언했다는 고발이 들어오면서 오랜 기간 구금을 당했다. 그의 최후는 놀랍게도 십자가에 못 박힌 채 당한 끔찍한 고문과 함께 찾아들었다.

바로 그 알 할라즈는 천 년이 지난 뒤 한 인도인의 삶을 총체적으로 전환시켜 놓았다.

'이슬람문화학회'에서 동방 이슬람제국에 대한 역사적, 철학적 의미를 탐구하던 아함무르 박사는 연구의 부산물처럼 우연히 이슬람 신비주의, 즉 수피즘의 세계가 얻어걸린다. 하지만 그 우연한 부산물은 아함무르라는 한 인간을 송두리째 뽑아버릴 만큼이나 강렬한 힘으로 자신을 부정하게 만들었다. 그 부정은 다시 강한 긍정으로 돌변했고, 알 할라즈의 "나는 신이다!"라는 선언에까지는 이르지 않았더라도, 적어도 그는 그것이 무엇을 의미하는지는 충분히 이해할 수 있었다. 아함무르는 무엇에 들린 사람처럼 거의 1년 동안 두문불출하며 『Mystic sayings : 신비의 어록』이라는 원고의 집필에 들어갔다. 마침내 세상에 나온 400쪽이 넘는 그 책은 수피 알 할라즈의 "나는 신이다!"로부터 얻어낸 영감의 산물이었다. 덕분에 그는 '이슬람문화학회'로부터 보기 좋게 쫓겨났다. 대신 베스트셀러의 작가가 되었다.

그가 애틀랜타에서 자동차로 세 시간 거리에 위치한 메이컨 소재의 시립대학에서 철학과 종교학을 강의하기 시작한 건 밀려드는 강연에 시들해질 무렵, 그러니까 책이 출간되고 일 년쯤 지난 뒤였다. 사실 그가 대학에 적을 두고 싶었던 것은 그 동안 이슬람문화학회에서 모아온 자료들을 토대로 또 다른 역작을 집필하고픈 갈망 때문이었다. 무굴제국의 역사에 담긴 다원적 종교철학을 분석하는 논문이 그것이었다. 그것은, 말하자면 알할라즈로부터 시작된 수피즘에 이슬람문화학회에서 연구한 동방 이슬람제국의 역사를 한 데 버무리지 않으면 꿸 수 없는 그 무엇이었다. 나중에 그로부터 들은 얘기인데, 아함무르에게 있어서 수피즘은 단순히 신비주의라는 매력으로만 다가온 것이 아니었다. 그것은 신에게 종속되어 있는 오늘날의 종교적 행태에 대한 멋진 대안이었다. 수피즘을 알고 나서야 비로소 그의 눈에는 현대의 종교가 빠진 딜레마가 선명하게 보였던 것이다.

신은 더 이상 인간의 욕심에 응답하는 꼭두각시가 아니었다. 하지만 신을 허수아비로 만든 것이 인간이라는 사실을 아함무르는 수피즘이라는 현미경으로 명확히 들여다보았다. 그런 그가 무굴제국에서 발견한 것은 제3대 악바르 황제가 제창한, 이슬람교와 힌두교와 기독교를 통합한 신성종교(神聖宗敎)였다. 그것이 아함무르가 당도한 종착지였다. 그것은 동시에 오늘날 세속 종교가 약속한 듯 일제히 빠져 있는 늪으로부터 탈출할 수 있는 희망의 기점이었다. 그의 논문은 각종 철학회지에 다투어 실렸고, 그는 『타임』을 비롯한 주요 매체들로부터 빈번히 칼럼을 청탁받을 정도로 유명 인사가 되었다. 철학과 종교와 역사를 아우르는 그의 글쓰기는 그야말로 방향이 따로 없었다. 자판만 두들기면 명문이 되어 쏟아지는, 어떤 비평가의 말처럼 정말 그는 "알 할라즈를 위시한 수피들과 악바르를 비롯한 무굴제국의 영혼들로부터 철저히 비호를 받고" 있는 존재였을지도 몰랐다.

그가 만약 고급 매체에만 글을 쓰는 고집스러운 현학주의자였다면, 나 같은 사람은 도저히 그와 만날 수 없었을 것이다. 나로 하여금 L.A와 비교종교학을 동시에 떠나게 만든 것은 대중적인 자연과학지 『사이언티픽 월드』에 실린 그의 그리 길지 않은, 배꼽이 빠질 정도로 유머러스한 칼럼 「로켓은 자식을 낳지 못한다」였다. 놀랍게도 그는 이른바 초과학(超科學)이나 신과학(新科學) 같은 새로운 과학에도 상당한 조예를 지니고 있었고, 내가 읽은 그 칼럼은 오늘의 과학이 얼마나 생명주의로부터 멀리 떨어져 있는가를 생명주의에 입각한 신과학의 눈으로 설명하고 있었다. "생체기관들은 물질로 구성되어 있지만, (정작) 물질로 만들어진 물체에는 생명의 요소가 전혀 존재하지 않는다"는 뉴에이지 과학자이며 사상가인 켄 윌버(Ken Wilber)의 화두 "로켓은 유전적으로 자기 자식을 재생산하지 못한다"[5]를 페러디한 아함무르의 그 글은, 실은 그가 이슬람 신비주의로부터 뽑아낸 숱한 지혜들 중의 하나였다.

비교 종교학에 가슴이 터질 듯 짓눌려 있던 나를 통쾌하게 폭발시켜버린 그의 글을 내가 읽은 것은, 온 세상이 새로운 밀레니엄을 향해 이미 카운터다운을 시작한 뒤, 공교롭게도 마이너스 천일일(—1001)째 되는 날이었다. 그의 글은 정말 '아라비안 비화'의 한 대목처럼 진기했다.

---

5) 로켓은 유전적으로 자식을 재생산하지 못한다는 것은, 〈Rivision〉지의 편집장으로 뉴에이지 과학자, 종교인, 사상가, 수행자들 간의 유대를 도모하고 비판을 활력 있게 추진하고 있던 캔 윌버의 신과학에 관한 중요한 저서 『Quantum Questions』의 서문(「그림자와 상징의 세계」) 중에 나오는 것으로, 높은 단계는 낮은 단계를 초월하면서 포함하고 있지만 그 역은 성립하지 않는다는 이른바 '불가역성(不可逆性)'의 원리를 생명을 예로 들어 설명한 것이다. 즉, 생명체를 구성하는 생체기관들은 물질로 구성되어 있지만, 물질로 만들어진 로켓 같은 물체에는 생명의 요소가 존재하지 않으므로 그 자식을 낳을 수 없다는 것이다. 이런 이유로 생물학 연구에는 물리학이 사용되지만, 물리 연구에는 생물학이 필요없다는 설명이 가능해진다. 이 논리는 나아가, 생명은 물질을 초월하면서 포함하고 있으며, 또한 마음은 생명을, 영혼은 마음을, 정신은 영혼을 초월하면서 포함하고 있으므로 '정신은 모든 것을 초월하지만 모든 것을 포함한다'라는 가장 지독한, 가장 피할 수 없는 정신의 역설을 도출하기에 이른다. 신과학의 선구자들인 베르너 하이젠버르그, 에르빈 슈뢰딩거, 알베르트 아인슈타인, 루이 드브로이, 막스 플랑크 같은 중요한 과학자들의

*

"싱가포르의 자료에 의하면 말일세…… 음, 그게 말이야……."

수화기 밖으로 종이들이 이리저리 넘겨지는 소리가 들려왔다. 아마도 메모첩을 뒤적이거나 싱가포르에서 보내온 자료들을 찾고 있는 모양이었다.

호텔 창밖이 뿌옇게 흐려지고 있었다. 머리가 띵했다.

"비가 올라나?"

먼 데서 푸른 섬광을 본 듯했다. 아함무르 박사는 아직 전해줄 자료를 찾지 못한 듯 "싱가포르에서 말이지……"를 반복하고 있었다.

"박사님, 대충은 알 것 같은데요."

"그래?"

그리곤 잠깐 뜸을 들였다가 말했다.

"아냐, 그대는 모를 거야. 그게 말이야……."

"참, 박사님도."

글을 발췌하여 캔 윌버가 편집한 이 책은, 1990년, 『현대 물리학과 신비주의』라는 제목으로 번역, 출간된 바 있다.

나는 쿡 웃어버리고 말았다.

싱가포르에서 우송되어올 자료는 1857년 결과적으로 영국에 대한 무굴제국 최후의 저항이 되고 만 세포이 반란이 실패로 끝난 뒤 무굴의 마지막 왕인 비하두르 샤 2세가 버마(미얀마)로 추방되었을 당시, 그 측근에 의해 지어진 것으로 알려진 몇 권의 비서(秘書) 목록과 관련이 있었다. 싱가포르에서 올 자료란 게 바로 그 비밀의 책을 말하는 것인지, 아니면 그것에 대한 연구서적인지는 정작 도착해봐야 알 거라고, 애탈란타를 떠나기 직전에 아함무르 박사는 내게 얘기해주었었다.

무척 호기심이 가는 얘기였다. 그리고 그 비밀의 책이라는 게 어떤 내용을 담고 있는지에 대해서는 학계에 전혀 알려진 바가 없다는 것도 박사가 첨언한 말이었다. 아함무르 박사가 가장 큰 기대를 갖고 있는 것은 그 비서에 담겨 있을지 모르는, 세계사에서 희귀한 예라고 할 수 있는 무굴제국의 종교적 통합과 관련된 내용이었다. 무굴의 3대 황제 악바르가 이끌어냈던, 주종(主宗)관계에 있던 이슬람과 인도 고유의 힌두교, 그리고 대표적 외래 종교인 기독교의 통합은 오늘의 이른바 종교 다원주의의 한 전범(典範)일 수 있다는 게 아함무르 박사가 줄곧 견지해온 주장이었다.

"……?"

바로 곁에서 얘기하는 듯하던 아함무르 박사의 목소리가 갑자기 이상한 기류 속에 파묻혀버린 건 순식간에 일어난 일이었다. 그것은 뭄바이 시내를 서서히 덮기 시작하던 회색 먹장구름이 한꺼번에 나타난 것과 함께였다. 마치 환하게 불이 켜져 있던 방안이 느닷없이 정전이 되어버린 것 같았다. 수화기 안으로 잡음이 심하게 들리더니, 아함무르 박사의 말은 전혀 알아들을 수 없을 정도로 희미해져버렸다. 희미한 소리마저도 때없이 끊어졌다간 실낱같이 이어지곤 했다. 나는 몇 번이나 "닥터!"를 외쳤지만, 땟물 같은 빗줄기가 유리창을 핥기 시작하면서 뭄바이와 애틀랜타는 일순간에 지구 반대편으로 밀려나버렸다. 송수화기를 내리지도 못하고 멍하니 호텔 창밖을 내다보고 있던 나는 인도에서 보낸 한 달여 동안의 일들을 아함무르 박사에게 아무 것도 얘기하지 못했다는 사실을 문득 깨달았다.

몇 차례 다시 아함무르 박사와 통화를 시도를 해보았지만 결국 연결은 되지 않았다. 하지만 오히려 잘 되었다는 생각이 들었다. 도대체가 박사에게 면목이 서질 않았기 때문이었다. 무굴제국의 흥망에 관한 것도, 3대 황제 악바르의 신성종교에 관한 것도, 이렇다 할 자료를 전혀 구하지 못한 형편에선 마땅히

할 얘기도 없었다. 서점은 말할 것도 없고 도서관을 샅샅이 뒤져봐야 대부분은 아함무르 박사가 이미 갖고 있는 것들뿐이었다. 도대체 어디를 가야 박사가 무릎을 칠 만한 자료를 구할 수 있을지, 아이디어가 전혀 떠오르질 않았다. 나는 출입문도 없이 사방이 벽으로 꽁꽁 싸여 있는 무공방(無孔房)에 갇혀버린 것 같은 느낌이 들 뿐이었다.

우기의 집중호우로 꼼짝없이 뭄바이의 호텔에 발이 묶여버린 닷새 동안, 나는 맹인이 코끼리를 더듬듯 떠듬떠듬 지난 2년여 동안 아함무르 박사로부터 배운 힌두어 실력을 총동원해 『라마할디』를 읽어나갔다.

델리의 중고서적상에서 우연히 내 손으로 건너온 『라마할디』는 읽으면 읽을수록 더욱 알 수 없는 미궁으로 빠져들어가는, 마치 수목들로 빽빽이 둘러쳐진 숲속으로 자꾸만 기어들어가는 것 같은 기분을 자아내는 책이었다. 요령부득과 모호함, 실망감을 닮은 회한에 자책이 더해지면서 나는 몇 번이나 책을 집어 던져버리곤 했다. 델리에서 시작해 뭄바이에 이르기까지 거의 한 달 만에 구한 자료다운 자료로 믿었던 그 책이 실은 기괴한 이야기나 짓는 얼치기 마법사의 황당한 얘기책에 불과하다는 사실은, 내가 인정하기에는 너무도 뼈아픈 사실이었다. 그나

마 지난 번 통화 때 『라마할디』에 대한 얘기를 아함무르 박사에게 떠벌이지 않았던 일이 다행이었다고 생각될 정도였다.

다시 읽기 시작했던 『라마할디』를 비 내리는 우중충한 뭄바이의 좁은 싸구려 호텔방 구석에다 거칠게 집어던진 것은 그래도 몇 번이나 머리칼을 쥐어뜯어가며 스스로를 다독인 뒤였다. 비명을 지르는 대신 겨우 책이나 던지는 짓에 그친 건 아직 내가 탐사해야 할 대륙이 엄청나게 남아 있다는 사실 때문이었을지도 모른다.

창문을 핥아대는 빗속에서 어디선가 대마잎이 타는 듯한 알싸한 냄새가 풍겨오고 있는 것 같다는 생각을 하고 있을 때, "쩍!" 하는 소리와 함께 짙은 회색의 하늘로부터 푸른 섬광이 뭄바이의 젖은 몸 위로 내리꽂히고 있었다.

예언자가 돌아왔다는 풍문이 떠돌기 시작한 것도 어느새 석 달이나 지났습니다. 석 달이 지나는 동안 우리들 중 그를 보았다는 얘기를 하는 자는 아무도 없었죠. 더러 그가 무언가를 쓰고 있어서 두

문불출하고 있다는 얘기가 떠돌긴 했지만, 사실 그 풍문을 신뢰하느냐 마느냐는 건 우리들에게 그리 중요한 문제가 아니었습니다. 마을로 돌아온 것조차 확인되지 않았는데 뭔가를 집필하고 있다는 얘기를 곧이들을 수는 없는 일이었죠. 하지만 풍문이란 게 늘 그렇듯 곧이듣건 엉터리라고 생각하건, 그런 걸 따지는 건 우리의 몫이 아닙니다. 우리는 우리의 조상들이 그랬듯 기다림에 익숙해 있었고, 우리 조상들이 기다렸던 것과 지금의 우리가 기다리고 있는 게 일치하지는 않았지만 기다림이라는 것 자체는 결코 다를 수가 없었죠. 하지만 그런 우리들도 이제 지칠 대로 지쳐 있었던 건 분명했습니다.

가만히 생각해보면, 우리 조상들도 기다림에 지쳐 있었을 거라는 생각이 듭니다. 기다리면 뭔가 이뤄질 거라는 맹렬한 믿음보다는 그저 습관처럼 기다릴 뿐이었던 거죠. 예언자는 정말 돌아왔을까? 이 물음을 심각하게, 혹은 안달을 하며 묻는 사람이 없었던 것도 어쩌면 그런 기다림의 습관과 무관하지 않을 것입니다. 하지만 습관이 되어버린 기다림은 이미 기다림이라고 말할 수 없겠죠. 기다림이란 희망을 잃지 말라고 속삭여주는 것과 같은 거니까요. 일부러 절망적인 상황을 기다리는 게 아니라면 말입니다. 하지만 우리는 마치 절망을 기다리고 있는 사람처럼, 우리들의 얼굴에는 어떤 희망의 빛도 존재하지 않았습니다. 습관이 되어버린 기다림. 우리는 지쳐 있었습니다. 우리의 조상들도 지쳐 있었던 게 틀림없습니다. 그들은 대체 무엇을 기다렸을까요?

누군가가 그랬습니다. 젠장할, 예언자의 그 잘난 코빼기라도 보고 싶군. 금방 또 사라져버린다 해도 말이야. 어떤 이는 이런 말도 했습니다. 코빼기라구요? 난 그 사람 그림자만 봐도 좋겠어요. 다른 어떤 이는, 발자국 소리만 들어도 좋겠다구요, 하고 말했습니다. 우스운 얘기였지만 아무도 웃지 않았습니다. 마지막으로 누군가가 애잔한 목소리로 말했죠. 아무리 인생이 기다림의 연속이라고 하지만 정말 신물이 나. 그러니 그 사람 발냄새만 맡을 수 있다면 당장 죽어도 여한이 없을 것 같아. 정말 발냄새만이라도. 아무 말도 하지 않은 사람들도 그들과 크게 다르지 않았을 겁니다. 침묵을 지키는 자들 가운데 어떤 이는 비통한 얼굴로 이렇게 덧붙였을지도 모릅니다. 우리에게 먼지만큼 남아 있던 신성(神聖)마저 온통 사라져버린 것 같아. 그 말을 듣는 우리는 무척이나 쓸쓸해지겠지요. 그런데 누군가가 마치 그 말을 듣기라도 했다는 듯 두 손으로 귀를 틀어막았습니다. 그때 제 뇌리를 어느 한 생각이 스쳐갔습니다. 그가 우리 앞에 나타난다면, 너희들은 이제 끝났다,라고 말할 거라고요.

그 우울한 상상이 저를 떨게 했습니다. 그런데 그런 상상을 저 혼자만 한 게 아닌 것 같았습니다. 입 밖으로 내놓는 자는 아무도 없었지만, 사실, 우리는 그 말을 모두 들은 것이나 마찬가지였죠. 풍문에서만 예언자는 돌아왔고, 가파른 언덕 위에 세워진 그의 집은 우리를 실망시키기에 흡족할 정도로 완벽한 침묵에 싸여 있었습니다. 먼 사막으로부터 굴러온 먼지뭉치들이 예언자의 집 앞 황량한 언덕길을 쓸며 지나가는 풍경은 마치 먹고 토해놓은 듯 절망을 닮아 있었습니다. 그 절망스런 풍경은 어떤 강한 돌풍에도 허물어질 것 같지 않았습니다.

사실 우리들 중 누군가는 이미 그의 집을 샅샅이, 뒤질 만큼 뒤진 뒤였습니다. 예언자의 집을 샅샅이 뒤진 그는 예언자가 신이 되어 돌아왔다는 풍문을 뿌리기 시작했을 것이고, 그것이 사실임을 증명하는 일이 얼마나 헛된 것인지를 침을 튀겨가며 얘기했을 것입니다. 그렇지 않다면 아무리 기다림이 습관이 되어버렸다고 해도, 우리가 땅바닥에 배를 깔고 엎드린 채 꼼짝하지 않는 더운 날의 개를 그토록 정확하게 흉내낼 수는 없는 일이었습니다. 더러 움직임이 날래고 머리가 잘 돌아가는 자는 우리의 어리석음을 일깨우듯, 혹은 바보 같은 우리가 무엇을 해야 할지, 할 수 있는 일이 무엇인지를 일러주기라도 하듯, 마치 예언자라도 된다는 듯 아무 소리도 하지 않고 토굴 속으로 기어들어가 수행자들을 위해 다시 몸을 혹사했습니다. 더러는 잠든 사이에 혹시 하늘로부터 빛 무더기가 떨어지거나 은총의 목소리가 들려올지도 모른다며 뜬눈으로 밤을 새우곤 했습니다. 그런 자들은 물주머니의 물이 완전히 떨어져도 이틀이나 사흘은 견딜 것입니다. 물론 그들이 하는 아주 중요한 일은 스스로 수행자가 되는 것이었죠. 그러기 위해서는 자신이 보필하고 있는 수행자와 함께 기도를 드리는 것뿐입니다. 기도가 죽음보다 나은 건 기도를 하는 시간만큼 죽음을 유예할 수 있기 때문일 테지요. 기도를 하고 있는 동안은 적어도 죽음조차 방해하지 못하며, 설사 기도하다가 죽는다고 해도 그것은 잠자는 동안 죽음이 찾아오는 것만큼 행복한 일이기도 하니까요.

하지만 우리들은 하나같이 어리석음을 증명이라도 하듯, 혹은 기다림의 노예가 된 듯, 수행자들의 토굴 근처에는 얼씬하지도 않았습니다. 다시금 길고 지루한 기다림 속으로 우리는 우리의 몸과 마음을 차곡차곡 구겨넣고 있었던 겁니다. 습관이란 무서운 일이죠. 지독한 습관이 되어버린 우리는 기다림이라고 할 수도 없는 기다림을, 마치 천벌처럼 온 힘을 다해 받아들였습니다. 숙명과도 같은 기다림. 하지만 사실, 우리가 행하는 모든 행동은 그런 숙명의 변주입니다. 사막으로부터 몰려온 말발굽 소리가 우리의 머리 위를 지나는 동안 마을의 고령자가 차례로 죽어간다는 사악한 믿음 역시, 우리의 숙명인 기다림의 변형일지 모릅니다. 예언자만이 우리가 누구인지를, 어떻게 이런 일이 일어나게 되었는지를 가르쳐줄 수 있다는 믿음 역시.

3. 시간이라는 지옥

나는 침대에서 벌떡 몸을 일으켰다. 사이렌 때문이었다. 아침이었다. 그리고 틀림없이 아홉 시였다. 시계를 가지고 있지 않은 사람들을 위해서 울려준다는 뭄바이의 그 친절한 사이렌이었다.

"니미럴, 완전히 개 취급하는 거잖아……."

나는 눈곱이 잔뜩 낀 눈을 손가락으로 훑어내며 중얼거렸다. 그리곤 늘어지게 하품을 하고 목을 이리저리 꺾었다. 그때쯤 천천히 사이렌이 꼬리를 오므리고 있었다.

처음 사이렌을 들었을 때 나는 당연히 당황했었다. 한국에 있었다면 달력을 보았을 것이었다. 그리고 그날은 필시 15일일 것이었다. 하지만 아침 아홉 시부터 민방위 훈련을 시킬 정도로 막돼먹은 정권이 들어설 거라는 건 상상하기 힘들었다. 만약 침대에 웅크려 있을 때 사이렌 소리를 들었다면 나는 분명히 황급하게 일어나 도시가스를 확인한 뒤 경비실로 통하는 인터폰을 눌렀을 것이다. 미국이었어도 그건 별반 다르지 않았다. 아마도 미국이었다면 창밖을 내다보았을지도 모른다. 강도나

미성년 강간범이나 마약을 들이마신 놈을 쫓는 경찰차를 확인하기 위해서.

그랬다. 침대에 머리를 처박은 상태에서 내 귓속으로 밀려든 사이렌은 인도 뭄바이 정부가 시계를 가지지 않은 사람들을 위해 들려주는 친절하기 이를 데 없는 시혜의 음악이었다. 그러나 천만에, 그것은 친절도 시혜도 음악도 아니었다. 그건 실험실의 개가 침을 흘리나 흘리지 않나를 확인하기 위해 매일 똑같은 시간에 울리는 파블로프의 종소리였다.

나는 뭄바이를 미련 없이 떠났다. 다음 날 아홉 시가 다시 돌아오기 전에. 나는 더 이상 개가 되고 싶지 않았다.

*

뭄바이에서 서쪽 고츠산맥을 따라 남하하려던 애초의 계획을 버리고 대륙을 횡단하겠다는 생각을 한 것은 완전히 자의에 의한 건 아니었다. 이왕 자료를 제대로 건지지 못할 거라면 해안을 따라가는 게 훨씬 운치 있는 여행이 될 거라는 생각을 한 건 너무도 당연했지만, 오히려 운치 있는 여행이라는 생각이 나로 하여금 대륙 횡단으로 계획을 바꾸도록 종용했다. 운치 있는 여행 따위를 떠올렸을 때 함께 떠오른 것은 아함무르 박사의 얼굴이었고, 싱가포르에서 건너온 자료들을 고통스럽게 탐독하고 있는 말기암 환자의 모습은 내 뇌리에서 운치 따위를 말끔히 씻어버린 것이다.

하지만 인도 대륙의 중심에 놓인 데칸고원은 무굴제국과 그리 관련 있는 지역이라고 할 수 없었다. 그건 결국, 자료를 제대로 구하지 못한 머리 나쁜 조수의 자격지심이 천에 없는 고생길로 몰아간 것일 뿐이었다. 그래도 이리저리 쑤석거리며 다니긴 했었다는 얘기나마 들으려는 어리석은 조수 — 나는 영락없이 그 꼴이었다. 그래서였을까. 뭄바이를 떠난 지 사흘 만에 데칸고원의 중심부에 해당되는 나그푸르에 당도한 나는 꼼짝할 수 없을 정도의 무기력과 마주쳤다.

그건 참으로 기이한 경험이었다.

무기력의 첫 증상은 아무런 이유도 없이 바닥에다 머리를 곤두박질치게 만들 정도의 현기증이었다. 기차역의 플랫폼을 빠져나와 대합실로 들어섰을 때 처음으로 찾아든 그 현기증은 마치 물구나무를 서기 위해 두 팔을 땅에다 대고 거꾸로 구부린 채로 허공으로 발을 차올리는 듯한 자세를 취하게 하고는 나를 더러운 시멘트 바닥에다 내동댕이 쳐버렸다. 물론 내가 왜 그런 자세를 취하는지를 나는 알 수 없었고, 또 실제로 그런 동작을 취했는지도 알 수 없었다. 굳이 말하자면, 나와 비슷하게 생긴 남자가 희한한 짓거리를 벌이고 있는 나를 아주 무심하게 구경하고 있는 느낌이 들었다. 그러니까 내가 나를 보고 있었던 것이다. 멀쩡한 내가 멀쩡하지 않은 나를 보고 있다 — 이게 바로 내게 찾아온 첫 번째 무기력 증상이었다.

내 주위로 사람들이 우르르 몰려오는 것 같다는 생각이 들고 얼마 있지 않아 나는 깜깜한 어둠의 늪 속으로 온몸이 가라앉는 것을 느꼈고, 마침내 정신을 잃었다.

내가 눈을 뜬 것은 어떤 여인의 품속에서였다. 하지만 내가 왜 여인의 품속에 안겨 있는지는 알 수 없었다. 그리고 신기한 것은 그 여인의 얼굴이 어느 나라 사람인지를 거의 구분할 수 없을 정도로 낯선, 마치 외계의 지성체가 등장하는 공상과학 영화라도 찍기 위해 아주 낯설게 분장시킨 배우의 그것처럼 보였다는 것이다. 하지만,

"괜찮아요(Are you okay)?"

하고 묻는 여인의 말투는 너무도 귀에 익은 미국식 영어였다.

그러나 뭔가 착각에 빠져 있구나, 하고 내가 생각한 것은 현기증에 이어 나타난 무기력의 두 번째 증상인 눈이 뽑힐 것 같

은 통증과 함께였다. 하지만 통증과 무기력은 하나로 연결될 수 있는 게 아니었다. 통증은 예리하고, 무기력은 한없이 느슨한 것이 아닌가. 그런데 눈이 뽑힐 것 같은 통증은 기이하게도 내 몸을 아주 잘게 찢어놓은 뒤 허공에다 가볍게 뿌린 것처럼, 나를 완전히 해체시켜버렸다. 나는 마치 완전히 타서 재가 되어버린 것 같은, 존재조차 느낄 수 없는 완벽한 무아(無我)의 경지에 놓인 듯했다.

놀랍도록 완벽한 해체와 무기력은 서른두 해를 살아오는 동안 한 번도 느껴보지 못한 것이었고, 더구나 그런 무기력 상태에서도 여전히 몸의 한 군데만은 생생하게 통증이 살아 있다는 게 믿어지지 않았다. 지금까지의 경험으로 미뤄본다면 눈이 아프건 이빨이 아프건, 어디가 되었건, 단 한 부위만이 집중적으로 욱신거리거나 찢어지는 것 같지는 않았다. 온몸을 다 아프게 하지는 않을지라도 흔히 몸살이라 표현되는 것처럼 한 곳이 아닌 여러 곳이 아프게 마련이고, 그걸 흔히 통증이라고 부르는 것이다. 어디가 아프든 한 부위만 집중적으로 아픈 병은 없는 법이다.

하지만 나그푸르의 대합실 바닥에서 마주친 눈알이 뽑히는 것 같은 통증은 오직 두 눈만을 통증이란 놈이 집중적으로 공격하는 양상이었고, 그래서 두 눈을 제외한 다른 모든 조직들은 살아 있다는 것을 가늠할 수조차 없을 정도로 무감각해져 버렸으며, 결국 그 통증은 무기력에 다름 아니었다.

'착각일까?'

나는 그 물음을 나 자신에게 던질 수밖에 없었다.

내가 느낀 무기력의 세 번째 것이자 마지막 증상인 환청에 이르렀을 때 나는 착각이라는 인식마저 버린 채, 기꺼이 내 몸을 도저히 빠져나올 수 없는 늪으로 완전히 가라앉혀버렸다. 어쩌면 그것은 환청이 아니었을지도 몰랐다. 하지만 내 귓속으로 밀려든, 밀도가 아주 높은 액체를 귓속으로 들이붓는 듯 꽉 차는 것 같은 그 목소리는 아직 세상에서 한 번도 들어보지 못한 것이었으므로 환청일 수밖에 없었다. 그 목소리는 묘하게도, 남자의 것도 아니고 여자의 것도 아니었다. 그리고 어린아이의 것도 아니고 어른의 것도 아니었다. 그것은 가벼운 것도 아니고 무거운 것도 아니었으며, 가까이에서 들려오는 것도 아니고 멀리서 흘러오는 것도 아니었다. 또한 그 목소리는 밀폐된 공간에서 울리는 것도 아니었고 사방으로 탁 트인 대평원의 공간으로 한없이 흩어져나가는 것도 아니었다.

그러나 그것이 세상에 존재하는 그 무엇과도 같지 않았던 이유는, 그 목소리는 단지 하나의 공명이었을 뿐 어떠한 내용도 담고 있지 않다는 것 때문이었다. 어쩌면 그것은, 아함무르 박사가 직접 내게 써주었던 프로스트의 시를 내가 나직이 중얼거릴 때와 같이 읊조려지는 내용을 넘어 그저 하나의 울림만으로 내 몸 깊숙한 곳까지 스며들고 그 스며듦이 내 영혼을 젖어들게 하는 만트라와 같은 것이었는지도 몰랐다. 하지만 그것이 만트라와 같든 같지 않든, 그리고 그것이 착각이었든 아니든, 그 목소리는 분명히 내 감각을 자극하고 있었다. 깨고 나면 사라져버리는 꿈과 같은, 존재함에도 불구하고 누구에게도 보여줄 수 없는, 무엇.

"……."

해독하기 힘든 몇 개의 문장이 빠르게 내 귀에 닿았다가 사라졌다. 그리고 물인 듯싶은 차가운 점액질이 내 뺨에 닿는 것이 느껴졌다. 둔탁한 마찰도 함께였다. 내가 느닷없는 무기력으로부터, 낯선 얼굴을 가진 여인의 품과 눈알이 뽑힐 것 같은 통증으로부터, 그리고 하나의 공명일 뿐 아무런 내용도 지니고 있지 않은 환각의 목소리로부터 빠져나왔을 때, 나는 내 몸이 무척 가벼워져 있다는 느낌이 들었다.

몸만 가벼워진 것이 아니었다. 실제로 내가 지니고 있던 많은 것들이 사라지고 없었다. 배낭은 여전히 등에 달라붙어 있었지만 그 안의 내용물들은 송두리째 어딘가로 증발되어버린 것이다. 배낭 안에는 때 절은 옷가지 몇 장만 달랑 남아 있을 뿐이었다.

나는 낮잠이라도 거나하게 자고 일어난 놈처럼 한동안 대합실 바닥에 태평스럽게 누워 있었다.

여인과 통증과 환청이 모두 사라지면서 찾아온 가벼움은 시간이 흐르면서 조금씩 무게를 회복해 나갔다. 무게감이 회복되면서 텅 빈 것 같던 감각들이 살아났고, 기다렸다는 듯 불안이 밀려들었다. 불안은 '내게 무슨 일이 일어난 것인가?'를 묻게 만들었고, 두 손으로 앞가슴을 더듬게 했다.

"음……!"

나는 허탈감이 가득 담긴, 폐부에 쌓여 있던 한숨을 길게 뽑아냈다. 그리고 다시금 맥이 푹 빠져버렸다. 안주머니에서 느껴져야 할 묵직한 기운이 전혀 없었던 것이다. 지갑이 사라지고 없었다.

그제야 기차에서 내리기 직전 행색이 비교적 말끔하던 중년의 한 남자가 내게 마시라며 건네주었던 피로회복제 생각이 났다. 생긴 건 한국에서 자주 사 먹어본 적이 있던, 영락없는 박카스였다. 안에 든 내용물도 마찬가지였다. 어쩌면 너무 익숙한 모양이어서 아무런 의심 없이 덜렁 마셔버렸을지도 몰랐다.

"익숙한 것에 주의하게."

애틀랜타 공항에서 아함무르 박가가 내게 해준 말이 그런 뜻이었을까? 피로회복제 얘기가 아니었다면 피로회복제를 건네주는 누군가의 친절을 의미했을 거라고, 나는 그 상황에서도 피식 웃어가며 생각했다.

그런데 뜻밖에도 나는 너무 달콤해서 오히려 쓴맛이 돌던 노란 액체를 다시 한 번 맛보고 싶다는 충동을 느꼈다. 나를 현기증으로 쓰러뜨리고, 여인의 품속에 안기게 하고, 온몸을 해체시켜버리는 통증을 느끼게 하고, 오직 울림일 뿐인 환청을 경험시킨 게 그 노란 액체였다면, 그것이 유발시킨 증상은 LA에 살던 어느 날 이름을 알 수 없는 가루를 흡입했을 때 경험한 증상들과 너무도 정확하게 일치하는 것이었다. 동양에 대한 까닭 모를 경외와 호의에 빠져 있던 '오리엔탈 포즈(oriental pose) 클럽'의 멤버들이 기억 속에서 불쑥 떠올랐다가 사라졌다.

"아르 유 오케이?"

인도식 영어가 들려왔다. 나는 몇 개의 새까만 얼굴을 바라보며 대답 대신 어깨를 으쓱해 보였다. 그리곤 이내 고개를 절레절레 흔들었다. 몇 개의 새까만 얼굴들이 사라졌고, 새로운 얼굴들이 나타났다 또 사라졌다.

나는 바닥에서 천천히 몸을 일으킨 뒤 등에 달라붙어 있던 빈 배낭을 벗어 앞으로 가져왔다. 혹시 초콜릿이라도 하나쯤 남아 있었으면 좋겠다고 생각하며 배낭 안을 확인했다. 하지만 빨지 않아 곰팡내마저 풍기는 속옷과 티셔츠를 들추어봐도 초콜릿은 보이지 않았다. 대신 한 가지 물건이 장난질에 익숙한 주먹만 한 애완견처럼 눈망울을 떼룩떼룩 굴리고 있을 뿐이었다. 『라마할디』였다. 시큼한 땀내가 풍기는 옷가지들 사이에 덩그러니 놓인 그 책을 보는 순간, 묘한 기분이 들었다. 도둑에겐 초콜릿만큼의 쓸모도 없었을 『라마할디』가 갑자기 무슨 대단한 의미를 지닌 물건처럼 느껴진 것이다.

여느 때와는 달리 하루에 세 사람의 노인이 한꺼번에, 사막 밖에서 들려온 말발굽 소리가 마을을 지나가는 동안에 죽었습니다. 여느 때와 다름이 없었던 것은 그 죽은 사람들이 마을에서 각각 첫째 번, 둘째 번, 셋째 번 연장자였다는 사실이었죠. 셋이 한꺼번에 죽긴 했지만 여전히 나이가 많은 순서대로 죽어갔을 거라는 걸 의심하는 사람은 아무도 없었습니다. 삶의 끝을 알면 죽음의 시작을 아는 건 어려운 일이 아니고, 순서에는 예외가 없는 법입니다. 그러니까 사막 밖에서 몰아쳐온 그 죽음의 말발굽 소리에 따라 마을의 세 연장자들이 나이가 많은 순서대로 죽어갔다는 것은 엄연히 사실일 수밖에 없다는 거죠.

검사관(檢査官)의 말이 먼지를 일으키며 마을 진입로를 들어선 것은 세 사람이 한꺼번에, 아니 차례로 홀연히 세상을 떠난 이튿날 새벽이었습니다. 말 등에 올라서지 않았어도 키가 하늘에 닿을 듯 큰 검사관의 눈알은 태양처럼 붉었습니다. 하지만 특별히 매서운 눈은 아니었습니다. 밤을 새운 탓일 뿐이었죠. 무엇을 하며 밤을 새웠는지에 대해 아는 사람은 아무도 없었습니다. 검사관도 그 이유를 말해줄 것 같지는 않았습니다. 눈알은 몹시 충혈돼 있었지만 감사관에게선 어떤 피곤함도 느껴지지 않았습니다. 그는 얼음비처럼 차가웠습니다. 언젠가 그를 가까이에서 본 한 아이가 며칠 동안 울기만

한 적이 있었는데, 그 후로 검사관이 마을에 나타나면 아이들은 어른들이 시키지 않아도 집안으로 들어가 그가 돌아갈 때까지 꼼짝하지 않았습니다. 얼음비가 내리던 날처럼 말이죠.

검사관은 불을 붙이지 않은 담배를 검지와 중지 사이에 끼운 채 죽은 노인들의 집을 차례로 방문했습니다. 그는 유일한 목격자들인 죽은 노인의 집안사람들에게 이런저런 것들을 탐문했습니다. 이름과 나이, 하던 일 따위를 묻고 난 검사관은 아주 작은 소리로, 한날에 세 사람이 죽은 것 말고는 특이한 사항이 없군, 하고 중얼거렸습니다. 그가 중얼거린 내용은 물론 우리가 생각하고 있던 것과 전혀 다르지 않았습니다. 검사관의 중얼거림을 들으며 우리는 다시 깊은 고뇌의 수렁에 빠졌습니다. 우리들의 믿음이, 즉 말발굽 소리가 마을을 지나는 동안 나이가 가장 많은 사람이 죽어간다는 게 확인된 셈이었으니까요. 왜 차례대로 죽어가는 것일까,라고 묻는 사람은 이제 더 이상 없었습니다. 그걸 물을 수 있는 사람이 딱 한 사람 있긴 했지만, 그가 마을을 떠난 건 벌써 5년 전이었습니다.

우리에게 그는 예언자로 통했죠. 그는 라마할디라는 이름으로 불리기를 원했지만, 라마할디라는 이름 대신 우리는 항상 그를 예언자라고 불렀습니다. 그는 5년 전의 어느 날, 우리를 떠났습니다. 사실 5년이라는 세월이 그렇게 길게 느껴진 건 최근 3개월 동안의 일이었습니다. 그러니까, 말발굽 소리가 마을을 지나는 동안 마을의 연장자들이 차례로 세상을 떠나는 일이 일어나기 시작하면서부터 말입니다. 그가 돌아왔다는 풍문이라도 들릴까 싶어 우리는 귀를 바짝 기울였고, 어떤 얘기도 듣지 못한 우리는 새삼스럽게 그가 왜 마을을 떠나야만 했는지를 우울하게 회상하곤 했습니다. 그 일을 회상할 때마다 우리는 주먹으로 가슴을 쳐야만 했죠. 그건 마치 먹을 게 다 떨어진 뒤 돌부리를 걷어내고 혹시나 풀뿌리라도 캐먹을 게 있는지를 살펴보는 것과 같았습니다. 그에 대한 우리의 회상은 번번이 가혹한 결론에 도달하고 말았습니다. 다시는 돌아오지 않을 거야,라는 누군가의 나직한 중얼거림은 천둥소리만큼이나 커다랗게 우리의 귀를 울렸습니다.

예언자 라마할디가 마을을 떠난 것은 그의 예언 능력이 극도로 떨어진 것과 일치했습니다. 하지만 그에 대한 우리의 비난이 극에 달했던 것과도 일치하고, 그의 자책감 또한 극에 달해 있었던 것과도 일치합니다. 이것은 결국 라마할디가 마을을 떠난 게 그의 예언자로서의 능력 때문만은 아니었다는 얘기입니다. 우리가 예언자를 비난한 게 어리석은 일이었다는 사실을 알게 됐을 때 그는 이미 마을을 떠난 뒤였고, 사막에서 죽음의 말발굽 소리가 들려오기 시작한 3개월 전부터 우리의 어리석음은 더욱 확연해졌습니다. 우리의 어리석음은, 어쩌면, 예언이란 빗나가기 때문에 예언이다,라고 적혀 있는 지혜의 서를 우리가 더 이상 신뢰하지 않았을 때부터 시작되었을지 모릅니다. 그 옛날, 우리가 사막 밖으로 쫓겨났을 때부터 지상의 모든 예언은 이미 빗나가기 시작했고, 우리의 희망과 세상의 희망은 서로 다른 길을 가고 있었는데 말입니다.

예언의 힘은, 불결한 몸을 씻어내기 위해 유사(流砂)에서 수거(水渠)로 데려가는 일과 같습니다. 모래로는 더러운 몸을 씻을 수가 없지요. 오물을 씻기 위해선 물이 고이는 곳으로 가지 않으면 안 됩니다. 하지만 물구덩이에 당도한 우리는 몸의 때를 씻는 것이 아니라

이미 수억 겁(劫) 이전부터 타들어갔던 목을 축이기 위해 진흙밭에 고인 물에 입부터 박았습니다. 우리가 한 일은 필사적으로 물을 빨아먹는 것뿐이었던 거죠. 예언이란 물을 빨아먹고 나면 한참 뒤에야 다시 진흙밭 위에 고이는 물과 같은 것이었습니다. 그 사실을 우린 알지 못했습니다. 물이 고이자마자 우리는 다시 주둥이를 들이대고 빨아먹기 바빴으니까요. 늘 목이 말라 있긴 했지만, 조금이라도 지혜로웠다면 우리는 그 물로 우리의 더러운 몸을 씻었을 겁니다. 왜 몸을 씻어야 하는지를, 우리의 목이 왜 그토록 타들어갔는지를, 타들어가는 목을 적시는 것이 몸을 씻는 것보다 더 중요한 일인 까닭이 무엇인지를, 우리는 단 한 번도 묻지 않았습니다. 우리는 그저 목이 말랐고, 물이 고이기도 전에 진흙밭에다 주둥이부터 들이미는 축생일 뿐이었다.

예언은 빗나간 것이 아니라, 이미 우리가 지닐 수 없는 무엇이었는지도 모릅니다. 우리의 지혜서가 가르쳐준 저 위대한 문장을 우리는 우리의 것으로 만들지 못했던 거지요. 그런 우리에게 우리를 떠나던 예언자의 눈이 얼마나 쓸쓸했었는지는 전혀 소용이 없었을 겁니다. 그 눈빛을 읽어낼 힘이 우리에겐 있지도 않았죠. 우리는, 왜 당신은 우리에게 더 자주 예언의 말씀을 들려주지 않는 겁니까, 하고 요구했을 뿐 그의 눈빛이 들려주는 말에 귀를 기울이지 않았습니다. 대재앙의 불길이 마을을 휩쓸고 가기 전에 우리가 먼저 황폐해져버린 겁니다. 기막힌 일이었죠. 지혜서가 이미 충분히 말해놓았었는데 말입니다. 너희가 먼저 계곡으로 내려가 발을 씻지 않는다면 산이 너희들에게 와서 물 대신 불을 퍼부으리라. 그때 너희들은 모든 것이 늦었음을 후회하리라. 우리는 문자를 알고 있었지만 지혜서를 읽어내는 데는 까막눈이었습니다. 우리는 아무도 경전에 귀를 기울이지 않았습니다. 어쩌면 예언자가 우리에게 왔다가 다시 왔던 곳으로 돌아가리라는 것도, 그것이 우리 때문이라는 것도, 지혜의 책에는 이미 적혀 있었는지도 모를 일이지요.

너희는 가슴에 난 구멍이 무슨 용도로 쓰이는지를 궁리하라. 거기에 나무막대를 꽂아 불 위에 올려놓으면 저 무서운 악마의 먹이가 될 테지만, 거기에 너희가 손을 넣고 그 안에서 타오르는 불길을 만진다면 아무도 너희를 곤궁에 빠뜨리지 못하리라. 허나 너희들의 가슴에 무엇이 뚫려 있는지를 아는 자는 많지 않으니, 먼저 그가 누구인지를 알라. 우리는 그가 누구인지를 알지 못했고, 예언자는 떠났습니다. 그렇게 예언자가 마을을 떠난 후로는 누구도 왜,라고 묻지 않았습니다. 대답을 얻을 수 없었기 때문이기도 했지만, 그런 물음 자체가 가진 절대적 불가능성을 우리는 혹독한 경험을 통해 체득하고 있었기 때문입니다. 우리들 중의 누구도 왜라는 질문에 답을 내릴 수 없었고, 답을 내렸다고 해도 누구도 귀를 기울이지 않을 것이고, 오히려 그건 매를 부르는 꼴이 될 테니까요.

닭의 목뼈를 부러뜨려 피를 빨던 자가 눈을 부라리며 검사관을 훑어본 것은, 한꺼번에 세 사람의 노인네들이 죽어나간 재수 없는 날에 있었던 가장 긴장된 순간이었습니다. 검사관도 그렇게 생각했는지는 모를 일이지만 우리는 검사관이 그 자를 살인용의자라도 되는 듯 바라보고 있다는 걸 알았습니다. 마을의 어느 골목을 지나가던 검사관은 입가가 벌겋게 피로 얼룩진 사내의 집 마당으로 성큼 들어섰죠. 그리고는 낮고 차가운 음성으로 물었습니다. 당신, 어젯밤에 무얼 했소? 뭘 하긴 뭘 했겠어요. 잤소? 검사관이 짤막하게 묻자 사내가 코웃음을 한 번 치고 나서 대답했습니다. 전 잠을 자지 않아요. 수행자요? 수행자는 무슨 얼어죽을 놈의 수행자. 수행자라면 토굴에 있겠지, 여기 있겠어요? 그럼 잠을 자지 않고 뭘 했소? 말발굽 소리를 들었지요. 그래, 그건 누구나 들었지. 물론 그럴 테죠. 어쨌든 그래서 저는 밤을 새웠어요. 마당에는 닭의 목에서 흘러나온 붉은 핏물이 여기저기 흩어져 있었습니다. 검사관은 좀체 사내의 집 마당을 벗어나려 하지 않았는데, 뭔가 짚이는 데가 있는 듯했습니다. 눈치를 챈 듯 사내도 더 이상 검사관의 주의를 끌지 않기 위해 행동과 말을 자제하는 것 같았습니다. 어쩌면 사내의 그런 태도가 오히려 검사관의 주의를 더 끌게 만들었는지도 모릅니다. 그러지 않았다면 검사관이 사내의 눈을 응시하며, 당신, 말발굽 소리가 지날 때마다 고령자들이 하나씩 죽어간다는 걸 어떻게 생각하오,라고 묻지는 않았겠죠. 표정이 굳어진 사내가, 무슨 말인지……, 하고 반문했습니다. 전과는 달리 사내는 눈웃음까지 지어 보였습니다. 쓸쓸함이 가득 묻은 목소리로 검사관이 말을 이었습니다. 하지만 그의 말소리는 너무 작기도 하고 얼버무리는 듯해서 잘 알아들을 수가 없었습니다. 그래서인지 검사관은 말을 하고 있는 게 아니라 옥수수를 담아놓는 커다란 대바구니 같은 데서 쓸쓸함을 한 뭉텅이씩 꺼내놓는 듯했습니다. 그의 표정이나 말투가 쓸쓸한 것은 사실 당연한 일이었겠죠. 도대체 말발굽 소리가 사람을 죽인다고 믿는 우리를 어떻게 받아들여야 할지 도무지 알 수가 없기 때문이기도 했고, 이런 궁벽한 촌마을에서 일어난 살인사건을 해결하는 일이 도대체 가능하기나 한 것인지에 대해서도 너무나 회의적이기 때문이었을 겁니다. 이게 만약 정말 살인사건이라면, 말발굽 소리가 마을 위를 지날 때마다 한 번의 어김도 없이 가장 나이가 많은 연장자가 죽어간다는 건 누군가의 치밀한 계산에 의해 자행되는 엽기적인 살인사건이라고 밖에는 말할 수가 없는데, 이런 미증유의 사건을 아무리 유능한 검사관이라도 어디서부터 실마리를 풀어가야 할지 난감하지 않을 수가 없었던 거죠. 그러니 그의 표정이나 말투가 쓸쓸하지 않을 까닭이 없었던 겁니다. 그러나 검사관이 마을을 드나든 지 어느새 석 달이 다 돼가고 있었고, 쓸쓸함을 내비치는 것을 제외하고는 검사관으로서의 품위를 결코 잃지 않았습니다. 지금의 검사관과 마찬가지로 우리 마을에서 일어나는 연장자들의 죽음을 살인사건이라고 단정하고 꽤 치밀하게 수사를 진행시켰던 전직 검사관이 한 달도 채 버티지 못하고 돌아갔으므로 그의 품위가 과연 얼마나 오래 지켜질는지는 아무도 모르는 일이었죠.

닭의 피가 튀어 있는 사내의 신발을 망연히 내려다보며 생각에 잠겨 있던 검사관이 마침내 입을 뗐습니다. 말발굽 소리가 언젠가는 당신도 죽일 거라는 생각을 해본 적이 있소? 그럼요. 사내는 지체하지 않고 대답했습니다. 어디 그뿐인가요, 더 이상 우리 마을에 노인들이 살지 못하게 되면 젊은이나 어린 것들도 나이 순서대로 죽어갈 거라고 생각해요. 틀림없어요. 사내는 아주 단호하게 말했습니다. 그것은 일종의 대항과도 같아 보였습니다. 검사관의 관자놀이가 시뻘겋게 뛰고 있는 게 보였습니다. 주먹을 꽉 쥐자 힘줄이 푸르게 부풀어 올랐습니다. 검사관이 중얼거렸습니다. 더러운 족속들……. 하지만 검사관은 자신의 인내심을 시험하기라도 하는 듯 어금니를 꽉 깨물 뿐이었습니다. 그리고는 사내를 쳐다보지도 않고 물었습니다. 자, 하나만 더 물어보겠소. 검사관은 금세 침착함을 회복한 듯했습니다. 사태가 이러한데도 당신네들은 아무도 마을을 떠나지 않고 있소. 오직 죽음만이 당신들을 마을에서 추방한다는 걸 증명하고 싶은 사람들처럼. 당신들은 무슨 순교자처럼 죽음을 기다리고 있단 말이오. 그러자 검사관의 말을 가로막듯이 사내가 후루루 내뱉었습니다. 검사관님께서 정작 하시고 싶은 말씀은, 당신들은 바보야,라는 거 아닌가요? 그래놓고 사내는 바보처럼 웃었습니다. 사내는 검사관의 붉은 눈빛이 이글거리며 타오르는 것에 개의치 않고 거듭 웃어젖혔죠. 이윽고 검사관이 마당을 벗어났습니다. 그때였어요. 마당 한복판에 서 있던 사내가 닭의 피가 묻은 손가락을 하늘 한켠으로 천천히 뻗었습니다. 검사관의 붉은 눈길이 사내의 손가락을 빨아먹을 듯 노려보았습니다. 그 손가락이 닿은 하늘의 한켠으로부터 말발굽 소리가 우르르, 우르르, 몰려들고 있었습니다.

4. 라마할디에서 라마할디로

경찰관이 조서의 사본을 만드는 동안 나는 서장의 집무실에 놓인 화려한 꽃무늬가 박힌 소파에 앉아 있었다. 서장은 내가 미국의 대학원에서 인도철학을 전공한다는 사실에 대해 호들갑스럽게 호감을 표시했었는데, 손수 아함무르 박사에게 전화를 걸어주겠다고 땀을 뻘뻘 흘리며 통화를 시도하고 있는 중이었다. 하지만 전화통에다 대고 연신 소리만 질러댈 뿐 정작 그는 전화를 연결시키지는 못했다.

"잠잘 곳만 정해주면, 제가 나중에 전화를 걸도록 하겠습니다."

나는 사정을 하듯 그렇게 말했지만 그는 막무가내였다. 전화 한 통에 경찰서장의 체면과 자존심이 모두 걸려 있기라도 한 듯 그는 연신 손과 고개를 마주 끄덕여 보였다. 예의 송화기에다 뭐라고 소리를 지르고 나서 그는 내가 앉아 있는 소파 쪽으로 걸어왔다. 아마도 전화가 연결되면 곧바로 연락하라고 지시를 한 모양이었다.

"그 책은 무엇이오?"

내가 엉거주춤 소파에서 일어났다 앉자 그는 내 손에 들린 『라마할디』를 가리키며 마치 도마뱀이 꼬리를 끊고 도망을 치듯 딱딱 끊어지는 영어로 물어왔다. 와뜨 유어 부끄?(What's your book?) 나는 웃음이 기어나오는 것을 입안에서 꾹 누르며 들고 있던 책의 표지를 그가 잘 볼 수 있도록 내밀었다.

"람므하르디?"

내 귀에는 그렇게 들린 것도 같았고, '람으크하르디?'라고 들린 것도 같았다.

"읽어보셨나요?"

내가 묻자 그는 고개를 저었다. 책에는 별 관심이 없다는 듯 그는 뭐가 그리 궁금한지 구릿빛 얼굴을 내게로 쑥 내밀고는 빤히 내 눈을 들여다보았다. 나는 그의 눈빛을 오래 마주하고 있을 수가 없었다. 아함무르 박사의 경우도 마찬가지였지만 인도인들의 크고 검은 눈동자를 들여다보고 있으면 마치 내 죄가 모두 비치는 커다란 거울을 대하고 있는 느낌이 들었다. 얼른 미소로 얼버무리고는 그에게 물었다.

"무굴제국을 아십니까?"

"무굴?"

경찰서장은 고개를 장난스럽게 옆으로 비틀더니 이내 되물었다.

"샤 자한?"

내가 웃으며 고개를 주억거렸다. 그러자 그는 만면에 미소를 그득 담으며 톤을 높였다.

"타즈마할!"

그리고는 내가 미처 뭐하고 응답하기도 전에 소리를 질렀다.

"악바르!"

"오, 예. 악바르."

나는 무슨 반가운 친구의 이름이라도 들은 듯 무굴왕조 제3대 황제의 이름을 맞받아 외쳤다. 나는 서장의 지식에 고무되어 축 처져 있던 어깨를 추켜세웠다.

16세기 후반 50년을 왕위에 있으면서 대륙의 좌해(左海)인 벵골만에서 우해(右海)인 아라비아 해에 이르는 광대한 영토를 평정하고 제국의 기초를 닦은 악바르 왕은 무엇보다 무굴의 중심종교였던 이슬람과 인도 전통의 힌두교에 기독교까지 편견 없이 받아들여 이들을 융화하고 혼합해 새로운 종교인 이른바 '신성종교(神聖宗教)'를 세워놓았다. 신성종교는 악바르의 가장 위대한 업적으로 평가받고 있다. 사실 어느 왕조에 속하든 인도는 그 자체로 신비로운 향기를 지닌 나라인데, 아함무르 박사의 말에 따르면 특히 이 악바르 황제는 신비한 일화들을 가장 풍부하게 지닌 통치자에 속했다. 물론 현대화된 오늘에도 난제로 꼽히는 세속 종교들의 통합, 혹은 상호이해를 바탕으로 하는 종교다원주의(宗教多元主義)의 가장 전형적인 모델이라고 할 수 있는 신성종교의 창제만으로도 악바르의 신비는 충분히 입증될 것이다. 좀 과장스럽게 느껴지긴 하지만 궁정의 시든 꽃들을 살려내는 데 전통 종교음악인 라가를 사용했다거나 명상에 의한 자가치료(自家治療) 기법을 개발하는 데 주력했다는 것, 글자를 해독하지 못한 문맹(文盲)이었음에도 불구하고 시를 짓고 암송하는 데는 탁월한 능력을 지녔었다는 얘기들은 그의 신비로움을 극적으로 만드는 요소들이다.

악바르라는 이름을 한 소도시 경찰서장의 입을 통해 들었다는 게 나로서는 무척 경이롭게 느껴진 게 사실이었다. 나는 손에 들고 있던 책을 서장의 앞으로 불쑥 내밀었다.

"라마할디? 이게 무슨 뜻이죠?"

하지만 서장은 대답 대신 두 손을 엉거주춤 들어보이며 어깨를 으쓱했다. 모른다는 뜻인 듯했다.

"책에 보면 주술사의 이름인 것 같은데 말이죠……."

"머지션?"

그렇게 되묻고는 서장은 껄껄 웃어젖혔다. 내가 주술사라는 뜻으로 선택한 'MAGICIAN'이라는 단어가 뭐가 그리 우스운지 나로서는 까닭을 알 수 없었다. 웃음 끝에 들려준 서장의 말은 좀 뜻밖이었다.

"아무도 믿지 말아요, 순진한 아메리칸."

"전 아메리칸이 아닙니다. 한국 사람이에요. 그건 그렇고, 무슨 뜻이죠, 아무도 믿지 말라는 그 말."

"이봐요, 코리안. 머지션 이즈 라이어(Magician is a liar), 유 노?"

"거짓말쟁이……?"

나는 가만히 입속으로 중얼거렸다. 그가 무슨 말을 하는지를 알 것 같았다.

서장은 기차역 바닥에 쓰러지기 직전에 내게 노란 액체가 든 드링크제를 건네준 남자가 바로 '라이어'라고 덧붙였다. 서장은 그 '라이어'를 내가 '머지션'이라고 생각했었다고 여긴 모양이었다. 한낱 여행객의 소지품을 노리는 사기꾼을 내가 무슨 대단한 능력이라도 지닌 주술사로 여겼다는 듯 서장은 한심하다는 눈길로 나를 바라보았다. 서장이 내게 전해주고 싶은 것은 사기꾼과 주술사는 한 통속이니 괜히 뭔가 신비한 걸 얻겠다고 덤

벼들지 말라는 거였다.

나는 뭐라고 변명을 하고 싶었지만 더 이상 입을 떼지 않았다.

책상 위의 전화가 띠릭띠릭 울린 건 그때였다. 큰 덩치를 잽싸게 움직여 송수화기를 집어든 서장은 곧바로 내게 손가락을 까닥까닥해 보였다. 아함무르 박사와 연결이 된 모양이었다.

*

"어떻게 된 일인가, 조?"

"몽땅 털렸습니다."

박사의 한숨소리가 수화기를 타고 미끄러져 나와 내 귀를 덮었다.

"경찰관에게서 들었네. 너무 상심말게나. 혼자 여행을 하면서 그런 건 몇 번도 일어날 수 있는 일이니까. 그나저나, 전화 좀 자주 하게. 뭄바이에서 그렇게 전화가 끊겨버리니 얼마나 궁금했던지. 어차피 난 그대한테 걸 수가 없잖나."

"죄송합니다. 앞으론 자주 전화 드릴게요."

"몸이 안 좋아?"

"아, 아닙니다. 실은…… 워낙 자료를 못 구해서요. 대학 도서관이나 서점이나, 별로 건지질 못해서, 죄송하기도 하고."

"이보게, 조. 인도에는 언어가 팔백 개가 넘어. 그 중에서 그대가 해독할 수 있는 게 얼마나 되겠나."

박사는 잠시 뜸을 들였다. 뭔가 긴한 얘기를 할 때면 늘 그렇게 말을 잠깐 끊곤 하는 게 박사의 습관이었다. 지금은 익숙해졌지만 처음 한동안은 내가 실수를 해서 화가 난 거라는 생각에 어찌할 바를 몰랐던 그 잠깐 동안의 휴지(休止)가 내 마음을 차분하게 달래주곤 했었다. 하지만 직접 마주보고 있는 게 아닌 상태라 그런지 불쑥 끼어든 침묵이 묘한 긴박감을 주었다.

"조, 자넨 자료를 너무 서적 위주로 생각한 것 같군. 내가 그대를 그곳으로 보낸 건, 말하자면…… 뭐랄까, 어떤 영감(靈感)적인 자료를 발견하라는 뜻이었다네. 내 말 알아듣겠나?"

영감적이라는 단어가 묘하게 들렸다. 그것은 '영적'인 것과는 다른 거였다.

"이런 말을 이렇게 멀리 떨어진 곳에서 얼굴도 마주하지 않고 해야 하다니…… 조, 내 말 잘 듣게."

아함무르 박사의 목소리는 조금씩 상기되어가고 있었다.

사실 박사는 지금 몸 상태가 그리 좋을 수가 없었다. 그의 폐 속에서는 나날이 암덩어리가 커가고 있는 중이었다. 하루에 세

갑의 담배를 태워 없애왔던 그는 폐에 쌓인 암덩이를 제거하는 수술을 받은 후에도 금연을 실천해낼 수가 없었다. 내가 비교종교학을 포기하고 인도철학을 전공하기 위해 메이컨으로 갔을 때 이미 그는 수술을 앞둔 환자였었다. 그래서였던지 면접을 마친 그가 내게 좀은 어색하게 웃으며 한 말은,

— 그대가 저승사자인지 천사인지는 내가 수술실에서 눈을 뜨고 나올지 감고 나올지에 달려 있어. 물론 난 천사를 내 조수로 쓰고 싶고, 당연히 저승사자라면 조수가 될 수 없을 테지.

라는 농담이었다. 내가 면접을 한 사흘 뒤, 그는 일곱 시간의 수술을 마치고 눈을 뜬 채 수술실을 나왔다. 나는 당연히 그의 조수가 될 수 있었다. 회복실에서 처음 마주쳤을 때 그는 내게 말했었다.

— 믿을지 모르겠네만, 나는 수술이 시작되고 마취에서 깨기 직전까지 너무도 편안했었네. 오십 년 동안 난 그렇게 아름다운 평화의 시간을 결코 가져본 적이 없었다는 생각이 들어. 난 아주 끝없이 유영하고 있었다네. 아주 크고 우아한 날개를 가진 새처럼, 하늘을. 그리고 내게는 동행이 있었지. 그게 누구인 줄 아나? 조, 바로 그대였네.

아함무르 박사의 말을 들었을 때 나는 하마터면 눈물을 흘릴

뻔했었다. 왠지 그가 들려준 얘기가 마취에 걸린 환자가 본 환영이나 환상이라는 생각이 들지 않았다. 마치 그런 일이 실제로 일어났고, 나 역시 그와 함께 크고 우아한 날개를 휘적거리며 하늘을 유영한 것 같은 느낌이 들었던 것이다. 인연이라는 단어를 가슴 한켠에 가만히 놓아두기 시작한 것은 바로 그 회복실에서였다.

"무굴 이후는 근대일세."

아함무르 박사의 목소리가 수화기 밖으로 흘러내리고 있었다.

"동인도회사를 앞세운 영국이 무너뜨린 건 하나의 제국이 아니었네. 근대에 의한 전(前)근대의 괴멸이 모두 그렇듯이 혼의 마멸이었지. 어떤 식물은 말이야, 칼이나 가위로 잎이나 가지를 잘려버리면 더 이상 자라지 못하고 말라죽고 말지. 이와 같다네. 어떤 침략이나 전쟁의 양상보다 훨씬 지독한 파멸이 근대에 이루어진 포화에 의한 것이야. 그 포화란 쇳내를 견디지 못하는 식물에게 있어서의 가위나 칼과 같은 존재지. 인도는 쇠붙이에 유난히 약한 식물인지도 몰라. 오늘 인도가 앓는 종교적 갈등은, 수천 년 동안 이어온 영성의 진화가 근대에 의해 근본적으로 상처 입었다는 증거라고 나는 생각해. 난 그 상처의 치유를 무굴로부터 찾으려는 거야. 물론 사람들은 그러지. 인도의 종교적 갈등은 아주 오랜 세월 전에 뿌리를 두고 있다고. 하지만 그건 속을 들여다보지 않고서 말하는 것일 뿐이야. 종교적 갈등이란 기도하러 가는 곳이 교회냐 사원이냐 절이냐와는 아무런 상관이 없어."

거기까지 얘기해놓고 한 차례 깊이 숨을 들이마신 뒤 박사는 다시 말을 이었다. 그럴 때는 말기암 환자라는 생각이 들지 않았다.

"인도는 근본적으로 힌두이즘의 국가야. 힌두가 뭔가? 그건 다신주의(多神主義)를 의미하지. 다신주의란 뭔가? 모든 것을 수용한다는 의미야. 유일신주의가 모든 걸 제외시키는 것과는 정반대인 거지. 다양한 세계, 다양한 인간, 다양한 생각, 다양한 접근. 이런 나라에 종교가 다양하게 존재한다고 무슨 문제가 생기겠나? 욕 얻어먹을 얘긴지는 모르겠지만 극단적으로 말하면, 브라만에서 찬달라[6]에 이르는 카스트조차 이런 다양함의 소산이라고 할 수 있어. 내가 무굴에서 희망을 찾는 건 무굴이 세계사에서 보기 드물게 종교다원주의를 실천해낸 제국이

6) 인도의 완고한 세습적 신분제도인 카스트는 보통 브라만(승려), 크샤트리아(왕족·군인), 바이샤(상인·농민), 수드라(노예) 등 네 계급으로 나뉘지만 최하층민으로 사람들과의 접촉조차 허용되지 않는 이른바 불가촉천민 계급인 찬달라(Chandala)를 포함시키기도 한다. 그들과 손이 닿거나 심지어 그들의 그림자에 닿기만 해도 부정을 타게 된다고

기 때문이지만, 실은 근대 바로 직전에 존재했다는 사실이라네. 무굴의 멸망은 다신주의가 근대라는 유일신주의에 의해 함몰됐음을 뜻해. 모든 걸 하나로 묶어버리는 건 비열한 짓이야. 그래봐야 우리가 어디서 왔겠나? 하늘에서 온 거 아닌가? 그런 걸 꼭 종교로 엮어서 우릴 꽁꽁 묶어버려야 하는 건가? 종교는 우리가 어디서 왔는가를 우리한테 가르치고 설득하기 위해 존재하는 게 아니야. 우리가 어떻게 살아가야 하는가, 그 길을 일러주는 실천적 이념이라고. 그러니 다양함만큼 소중한 종교적 덕목이 어디 있겠나? 바로 이것이 근본적으로 이슬람인 무굴에 힌두인인 나 아함무르가 매달린 이유일세. 종교는 당연히 민족을 뛰어넘어 존재하는 것이니까."

박사의 말이 한 굽이를 헤쳐 나왔을 때 나는 혼잣말로 중얼거렸다.

간주되는 극단적인 천민이다. 힌두 사회는 이 다섯 개의 카스트로 구성되는 것이 기본이지만, 실제로는 그 아래에 또 다시 자티스(Jatis)라고 하는 수많은 하위 카스트(sub-caste)가 존재한다. 지역과 부족에 따라서는 수십 혹은 수백 개에 이르는 잡다한 카스트로 나누어져 있다. 오늘날 인도의 카스트는 정치적·사회적·종교적으로 존속의 요인도 있지만 인도에서의 혁신과 근대화는 항상 반(反)카스트 운동에서 비롯되었다. 교육의 보급, 새로운 직업의 등장으로 제도는 변용되었고, 공화국 헌법에서도 부정되었으나 실제로는 뿌리 깊게 존속되고 있는 것이 현실이다(이 소설에 등장하는 중요한 인물인 아함무르 박사는 카스트 제도조차, 즉 수직적 계급의 층위조차 인도가 지닌 다양성의 측면으로 파악하고 있다).

"신성종교……."

아함무르 박사의 목소리가 다시 내 중얼거림을 삼키며 귓속으로 밀려들었다.

"내게 필요한 자료는 바로 그것이라네. 문자로 된 자료를 말하는 게 아닐세. 자넨 왜 하필이면 종교냐고 묻겠지. 거대한 전체주의, 무너뜨릴 수 없는 거대한 무덤이 종교인데 말이야. 차라리 요가나 선행(禪行), 명상 따위가 훨씬 유용한 것이 아니냐고 물을 수도 있어. 하지만 우리가 명상에 기대어 얻을 수 있는 건 결국 우리 각자의 진보, 개체의 계발일 뿐이야. 반면에 종교는 거대한 해일과 같아. 그 해일은 개체의 바다를 휘몰아치는 통합의 물결이고, 동시에 개체를 개체답게 만드는 섬세한 흔들림이기도 하지. 무굴의 악바르 황제는 바로 그 거대하고도 섬세한 해일을 일으키는 동력을 만들어낸 사람이었어. 그 해일이 세계 전체를 흔들지는 못했지만 그건 무굴이나 악바르의 한계가 아니라 세계의 한계였어."

아함무르 박사의 숨소리가 거칠어지고 있었다. 하지만 멈추지 않았다. 나도 그의 말을 막지 않았다.

"조, 난 그대가 그걸 발견할 거라고 믿네. 구루나 성자들의 가르침은 아득함으로 건너가버리지만, 종교를 움직이는 힘은 개체의 영성을 어떻게 아우르는지를 총체적으로 보여준다고 나는 믿네. 구루나 성자는 결국 우리들과 마찬가지로 개체일 뿐이야. 하지만 종교는 존재를 넘어서 개체인 우리들을 이끌어가는 세계 그 자체야. 존재하지 않는 것만이 존재를 움직일 수 있다는 건 이걸 두고 하는 말이지. 니체가 지난 세기의 벼랑에서 신과 함께 절벽 아래로 투신했다는 사실을 잊지 말게. 조! 하지만 안타깝게도 죽은 건 니체뿐이야. 신은 멀쩡하게 부활하고 말았어. 그러면 니체는 어리석었을까? 잘 듣게. 니체와 함께 벼랑 밑으로 떨어졌던 신이 부활한 건 너무도 당연한 거라네. 니체의 투신자살은 죽음을 목적하지 않았으니까. 니체의 투신은 한 편의 화려하지만 우울한 퍼포먼스였어. 니체는 그걸 잘 알고 있었지. 그걸 안 건 니체만 아니었어. 당대는 이미 몸으로 체험하고 있었던 거지. 우리를 회당으로 이끄는 신, 기도실 선반 위에 고이 모셔놓은 신, 우리에게 고통이 찾아올 때마다 무릎을 꿇게 했던 신, 경건이라는 무기를 우리들의 손에 꼬나쥐게 만들었던 신 — 그것들은 결코 신이 아니었다는 걸 우린 이미 절실하게 알고 있었던 거야. 그런데 니체는 왜 신을 끌어안고 절벽을 뛰어내렸던 걸까? 신이 아닌 신을 끌어안고 투신하는 퍼포먼스를 사람들에게 보여줄 수밖에 없었으니까. 그렇게 해야만 진짜 신을 찾을 수 있을 것이기 때문이니까. 그렇게 하지 않으면 우리가 상실해버린 신성은 찾아질 수가 없다는 걸 니체는 알고 있었던 거야."

나는 마치 히말라야의 고산을 오르며 산소가 점점 희박해지는 것 같은 아득함을 느꼈다. 내가 침묵을 지켜낸 것은 당연한 일이었다. 윙윙거리는 이명 속으로 아함무르 박사의 말이 막막히 밀려들었다.

"말하자면…… 나는 그대가 근대의 힘, 쇠붙이의 독성에 말라버린 인도라는 거대한 식물에서 그걸 발견할 수 있기를 바라네. 내 말이 그대를 억압할 거라는 걸 잘 알아. 하지만 내겐 그리 많은 시간이 남아 있질 않다네. 조, 힘을 내게! 유 니드 투 비 스트롱거!(You need to be stronger, 더 강해져야 하네!)"

아함무르 박사의 말을 내가 다 이해할 수는 없었지만, 나는 비로소 인도에서 보낸 40여 일이 새삼스럽게 힘이 되어 복부를 꽉 채우고 있는 느낌을 받았다. 하지만 당신에게 그리 많은 시간이 남아 있지 않다는 표현은, 그래서 발설하지 않고 가슴에 묻어두어야 할 말까지 내뱉게 된 아함무르 박사의 심경은 빗줄기처럼 나를 적셨다.

나는 아무 말도 하지 못한 채 햇살이 비껴 떨어지는 서장실의

너저분한 블라인드 사이로 철컹거리는 가위질에 잎과 가지들을 잘리고 있는 거대한 식물을 보고 있었다. 인도라는 식물. 그것은 그러나 식물이기에는 너무도 끈적거리는 기름 성분을 가진 이물스런 존재였다. 이전에도 그랬고, 40여 일을 보낸 당시에도 그랬지만, 인도는 바로 그 끈적거리는 기름기로 인해 나로서는 온전히 애정을 부여할 수 없는 대륙이었다. 아함무르 박사가 아니었다면, 인도철학을 전공할 수는 있었어도 내가 인도 대륙에 발을 들여놓는 일만은 일어나지 않았을 것이다. 이 나라가 신성을 상실해버린 세계를 건져낼 위대한 질료(質料)를 숨기고 있다는 사실은, 하나의 아이러니였다. 적어도 내게는 그랬다.

사실 인도는 그 자체로 하나의 거대한 혼란이었다.

신성과 타락, 부와 빈곤, 최선과 최악, 정결과 추악, 화해와 다툼의 극단적 양상을 고스란히 간직하고 있다는 점에 초점을 맞춘다면 너무도 이해하기 쉬운 대목이다. 그러나 숱한 극단적 요소가 온전하게 존재한다는 사실은 오히려 인도를 세상의 어느 곳보다 완벽하게 정돈된 나라로 만들어버린다. 가령, 선진국이란 오직 신성함만으로, 부유함만으로, 지극한 선만으로, 깨끗함만으로, 다툼 없는 질서만으로 평가되는 듯하지만 그들에게 타락과 빈곤과 악조건과 추악과 무질서는 없는 것이 아니라

깊고 어두운 곳에, 사실은 그들의 몸 안에 고름덩이처럼 감추어져 있다. 밖으로 드러나지 않는 한 여전히 선진국으로 존재할 수 있지만 그만큼 불완전한 국가인 것이다. 그런 점에서 인도는 극단의 관념들을 생생하게 노출함으로서 카오스가 곧 코스모스라는 역설을 가능하게 한다.

어쩌면 이런 아이러니가 '거대한 해일'이라고 아함무르 박사가 표현한, 무굴제국의 악바르 황제가 한때 인도를 신성한 통합종교의 국가로 만들어냈던 힘일는지도 모른다. 그렇다면 아함무르 박사가 근대 이후의 인도를, 특히 야슈람과 명상과 초월적 현상으로 상징되는 오늘의 인도를 가리켜 신비를 팔아먹고 연명하는 작부로 묘사하거나 거대한 종교적 힘을 상실해버린 왜소한 개체의 소국(小國)이라고 거침없이 표현했던 것은, 적어도 근대 이전의 인도에서 그 희망을 찾아야 한다는 주문에 다름 아니었다.

아함무르 박사에게 무굴제국은 마지막 전선(戰線)인 셈이었다. 잃어버린 신성을 찾기 위해 우리가 도달한 마지막 전장, 혹은 니체가 누추한 인격신(人格神)[7]과 함께 떨어져 내렸던 그 절벽

7) 신을 인간처럼 의식이나 형상을 가진 존재로 보는 견해. 인격적인 신의 개념이 등장하기 이전에는 만물마다 정령을 갖고 있다고 믿었는데, 인간들은 이러한 정령을 숭배하

의 밑바닥 — 아함무르 박사는 그곳으로 나를 보냈고, 나는 거기에 서 있었다.

전화를 끊고 난 뒤, 서장실 소파에 엉덩이를 파묻은 채 한동안 멍한 상태에 빠져 있었다. 한참 뒤 길게 한숨을 내쉬고서 일어서는데 발밑으로 뭔가 툭 떨어졌다. 손에 들고 있던 『라마할디』에서 빠져나온 파피루스였다. 애틀랜타를 떠날 때 공항에서 아함무르 박사가 건네주었던, 로버트 프로스트의 시가 적힌 그 종이쪽.

그대 찾고 있군, 조.
존재하지 않는 것을 말이야.
나는 시작을 말하는 걸세.
시작을, 그리고 끝을.
끝과 시작 - 세상에
그런 것은 없다네.

였고 이를 인격신과 비교하여 자연신이라고 한다. 이 자연신에서 힌두교와 같은 다신교가 발생했으며, 이러한 신들 사이에 위계질서를 부여하면서 유일신의 형태가 도출되었다. 유일신은 인격신의 대표적인 형태로, 그리스도교·유대교·이슬람교 등에서 찾아볼 수 있다. 인격신의 또 다른 형태는 신령사상이나 민간신앙에서 찾아볼 수 있는데, 역사적으로 실존하였던 인물이 신격화된 예가 여기에 속한다.

존재하는 건 오직 중간뿐이지.

나는 발밑에 떨어져 있던 파피루스를 집어들어 그 안에 적힌 시를 나직이 소리내어 읽어보았다. 마지막 구절이 그 어느 때보다 가슴을 저릿하게 만들었다. 존재하는 건 오직 중간뿐!

제가 왜 검사관에게로 다가갔는지에 대해서는 설명할 자신이 없습니다. 누군가 제 등을 떠민 것 같았으니까요. 말하자면 자발적으로 검사관에게로 간 건 아니라는 말입니다. 하지만 제 등을 떠민 자가 누구인지도 설명할 길은 없습니다. 사실 검사관을 태운 말이 우리 집 앞을 지나가기를 기다리고 있었던 건 분명하지만 검사관의 말을 멈추게 하기 위한 어떤 동작도 취하지 않았는데, 이 역시 제가 검사관에게 자발적으로 다가가지 않았다는 증거가 되겠지요. 이렇게 말하면 믿을 사람이 얼마나 될지 모르겠지만, 검사관이 탄 좀 노쇠해 보이는 말은 일단 우리 집 문 앞에 서 있던 저를 지나쳐갔다가 이내 멈추었고 곧바로 되돌아서더니 우리 집 대문 앞으로 다가와 내 앞에 멈추었습니다. 이건 명백한 사실입니다.

노쇠한 말에 올라탄 채로 검사관은 저를 지그시 내려다보고는 물었습니다. 그대, 혹시 나한테 할 말이 있나? 저는 대답을 하지 않은 채 한동안 우울하게 말의 고삐를 부여잡고 있는 검사관을 응시했습니다. 그는 정말 우울해 보였습니다. 언젠가 그런 우울한 표정을 다른 어떤 사람의 얼굴에서 본 적이 있다는 걸 기억했습니다. 마을을 떠나던 예언자였습니다. 그때는 예언자뿐 아니라 우리 마을 사람들 모두가 하나같이 그런 표정을 짓고 있었다고 해도 과장은 아닐 것입니다. 아무도 희망이라는 단어를 포기하지는 않았지만, 도무지 우울을 얼굴에서 걷어내지 못했을 때니까요. 우리는 희망이라는 단어를 포기하지 않는 대신 우울한 표정을 가지기로 약속을 한 사람들 같았습니다. 하지만 희망이라는 단어는 우리가 포기하지 않았다는 것과는 아무런 상관없이 이미 오래 전에 폐기된 단어였습니다. 그 사실을 설사 알고 있었다고 해도 우리들 중의 그 누구도 그 폐기된 단어를 위해 무덤 따위를 짓지는 않았을 겁니다. 무덤을 짓느니 차라리 저마다의 몸속에 제각각 치명적인 벌레를 한 마리

씩 말없이 키워가는 게 낫다고 여겼을 테죠. 예언자가 곧 돌아올 거라며 토굴에서 튀어나온 몇몇 수행자들이 열에 들떠 난리를 치다가 돌부리에 걸려 넘어져 무릎을 깰 때마다 우리는 키득거리며 웃음을 참았지만, 정말로 우린 생명을 갉아먹고 사는 벌레를 몸속에 한 마리씩 키우고 있었던 건지도 모를 일입니다. 자고나면 가슴 한켠이 단단하게 뭉쳐져 있거나 오줌발이 시원칠 않아 뭔가로 막혀 있는 것 같다거나 식욕이 전혀 일어나질 않는 것 등은 아무래도 그 놈의 벌레가 우리의 몸을 갉아먹고 있기 때문이었을 겁니다. 납덩이라도 들어앉은 것 같다는 이물감이 느껴진다거나 하는 따위 역시 그 놈이 살고 있는 증거였죠.

제가 아무 말을 하지 못하고 있자, 검사관은 말의 엉덩짝을 후려치기 위해 오른쪽 손에 들고 있던 귀여운 채찍을 가볍게 들었습니다. 그는 제게서 고개를 돌렸고, 저는, 저……, 하고 천천히 입을 떼었습니다. 채찍을 든 검사관의 팔을 내려졌습니다. 말해보게. 너무 황당한 얘기라서……. 글쎄, 황당한지 아닌지는 내가 판단하겠네, 어서 얘기나 해보시게. 검사관은 짜증을 드러내 보이지는 않았지만 제 태도가 마음에 들지 않은 모양이었습니다. 저는 좀은 찜찜한 마음으로 말하기 시작했죠. 제가 황당하다고 한 얘기의 요지는 이랬습니다. 늙은이들이 죽어가는 일은 굳이 당연하다고 말할 필요도 없을 정도로 당연한 일입니다. 하지만 언제부턴가 그 당연한 일이 우리에게 이상한 일로 받아들여진 것은 참 불가사의한 일이었습니다. 누군가가 이렇게 말하면서부터였습니다. 참, 수상쩍구만. 어째서 나이가 많은 순서대로 죽어가는가 모르겠네. 어김도 없이 말이야. 전에는 그렇지 않았잖아. 그렇지 않나들? 그의 말은 옳았습니다. 그건 분명히 그랬으니까요. 그러니까 언제부터인지는 정확히 알 수 없지만 그 언젠가부터, 분명히, 죽음은 나이가 많은 순서대로, 한 치의 어김도 없이 찾아온 거였습니다. 제일 나이가 많은 늙은이가 죽고 나면 그 다음에 죽는 사람은 역시 살아 있는 자들 중에서 가장 나이가 많은 늙은이였습니다. 하지만 죽어나가는 데 순서가 있다는 걸 수상쩍다고 언급한 사람의 말에 우리들이 동의한다는 것은 좀 쑥스러운 일이었습니다. 왜냐하면 이미 우리들의 태반은 그런 사실을 간파하고 있었기 때문이었죠. 누군가가 이렇게 말하기도 했습니다. 사실, 나이가 많은 순서대로 차례차례 죽어가는 건 우리한테 그리 중요한 일이 아닐세. 지나친 우연일는지는 몰라도, 우연한 일이란 게 지나치지 말란 법이 어디 있겠나. 어린 아이서부터 죽어간다고 하면 또 모르지. 사실, 나이가 많다는 건 어찌되었든 죽음과 너무도 잘 어울리는 조건이 아닌가 말이야. 그러니 지나칠 것도 없는 우연이라고 할 수가 있지. 하긴 우연한 일이란 좀 우스꽝스럽거나 과장스러운 법이지 않나. 어쩌면 이건 신이 우리에게 내려주시는 아주 공평한 규칙인지도 몰라요. 이런 시대가 오기도 하는구나, 하고 생각해버리면 간단하단 말이지.

사막 밖으로 나가 학자로 지내다가 은퇴해 돌아온 그는 학자답게 아주 논리적으로 설명했고, 우리는 마치 너무도 간단하게 문제를 해결해버렸다는 듯 좀은 허탈한 기분이 되기도 했습니다. 누구는 허허 웃었고 누구는 술 생각이 간절할 때나 취하는 달콤한 입맛을 다시기도 했죠. 하지만 일은 간단히 끝나지 않았습니다. 이 말만은 좀 시간을 둔 뒤에 하려 했는데……, 하고 음산하게 서두를 꺼낸 건 죽어가는 순서를 처음으로 입에 올렸던 그 사람이었습니다. 우리는 눈에 잔뜩 힘을 주면서 그를 주시했죠. 그는 바람처럼 우리를 휘익 한 번 둘러보고는 시선을 어중간한 지점에다 붙박아놓곤 말했습니다. 어이없게도 그가 내뱉은 말은 딱 한마디였습니다. 말발굽 소리!

예언자가 마을을 떠난 이후로 주재(主宰)하는 자가 없어져 먼지와 거미가 주인 노릇을 하고 있던 회당(會堂) 안이 일시에 적막에 휩싸였습니다. 말발굽 소리!라는 그 한마디가 모든 것을 침묵 안에 가두어버린 겁니다. 칠흑처럼 내린 어둠과도 같았던 그 적막은 마치 말발굽 소리를 정말로 생생하게 들려주기 위해 신이 일시적으로 그렇게 하도록 한 듯 완벽했습니다. 더구나 그 적막을 뚫고 우르르, 우르르, 하는 말발굽 소리가 실제로 들려오고 있었습니다. 우연이라면 기막힌 우연이었습니다. 우리의 숨소리는 일시에 얼어붙고 말았습니다. 그때의 그 소리가 얼마나 불길한 것이었는지, 우리들 중엔 사지를 벌벌 떨어대는 사람도 있었습니다. 사지를 벌벌 떨던 그 사람은 좀 전의 외마디보다 훨씬 어이없는 외마디를 질렀다. 저 소리야! 바로 저 소리! 그렇게 비명을 지른 자는 그 즈음에 부친을 여읜 사람이었습니다.

하지만 그뿐이 아니었습니다. 말발굽 소리를 정확하게 기억하는 사람들이 하나씩 회당 안을 밝히기 위해 켜지는 등불처럼 불쑥불쑥 일어섰습니다. 그리고는 하나같이 그 말발굽 소리와 그들의 할아버지나 아버지의 죽음을 연결하고 있었습니다. 그때 저는 온몸에 빼곡하게 들어찬 소름을 걷어내기 위해 안간힘을 쓰고 있었고, 그런 안간힘의 하나로 침묵을 지키고 있던 학자 출신의 노인에게로 눈길을 돌렸죠. 하지만 끝내 말발굽 소리와 연장자로부터 죽어나가는 기이한 우연에 대한 어떤 얘기도 그로부터 들을 수는 없었습니다. 불행하게도 그 학자 출신의 노인은 그 당시 우리 마을에 남아 있던 늙은이들 중에서 가장 나이가 많은 사람이었던 겁니다. 우리의 귓속으로 불길하게 밀려들던 말발굽 소리와 함께 그는 조용히 숨을 거두었습니다.

제 얘기를 다 듣고 난 검사관이 좀 어색한 표정으로 내게 물었습니다. 그럼 뭔가, 그대는 이 모든 일들을 우연이라고 말하고 싶은 건가? 검사관의 물음에 저는 대답 대신 고개를 천천히, 그러나 아주 단호하게 끄덕였습니다. 그리고는 좀 뜸을 들인 뒤에 말했죠. 한참 지난 뒤에야 깨닫게 된 것이지만, 나이가 많은 순서대로 죽어간다는 사실을 지나친 감은 있지만 어쨌든 우연이라고 일축해버렸던 그 사람은 자신이 그 다음 차례라는 것에 대해 얼마간은 두려움을 가지고 있었다고 저는 생각합니다. 하지만 제가 의심하는 것은 그가 가졌던 그 두려움이 말발굽 소리로 인해 상승작용을 일으켜서 죽음을 스스로 이끌어온 것은 아닌가 하는 것이지요. 실제로는 그런 일이 일어나지 않는데, 그런 일이 일어날 거라고 굳게 믿으면 실제로 그런 일이 일어나기도 하지 않습니까. 그러니까 우연이란 말이군. 말하자면…… 그건 우연이니 운명이니 하는 것과 아무런 상관이 없습니다. 그럼 뭔가? 굳이 말하자면, 그런 건 그냥 하나의 사건이죠. 사건이라……? 하지만 누구도 풀 수 없는 사건입니다. 나 같은 검사관도 필요 없는? 그의 되물음에 잠깐 뜸을 들였다가 제가 말했습니다. 그렇죠.

검사관은 여전히 한 손은 말의 고삐를 다른 한 손은 채찍을 부여잡은 채로 조금쯤 우울함을 걷어낸 모습으로 저를 한동안 내려다보았습니다. 저는 검사관의 시선이 부담스러워서 발치를 내려다보거나 주위를 하릴없이 둘러보곤 했죠. 다른 할 말은 없나? 이윽고 검사관이 물었습니다. 사실 그 물음을 검사관이 던지지 않았다면 제가 나서서 그에게 했을 말을 좀은 빠르게 내뱉었습니다. 예언자의 집을 수색해보셨나요? 언덕 위의 흙집 말인가? 제가 고개를 끄덕였습니다. 그가 고개를 들어 언덕을 바라보았습니다. 그리곤 좀 씁쓸한 목소리로 말했죠. 아무 단서도 발견하지 못했네. 저는 검사관의 말 중에서 단서라는 단어에 주목했습니다. 그 단어는, 말발굽 소리와 관련된 연장자들의 죽음이 우리들 중의 누군가에 의해 자행되는 아주 엽기적이고 치밀한 살인사건이라는 생각이 검사관의 마음에 얼마나 뿌리 깊게 드리워져 있는가를 입증하는 것이었죠. 검사관이 고개를 제게로 돌렸습니다. 그런데 언덕 위의 집을 수색해보았냐고 왜 물었나? 이것저것 다 떼버리고 단도직입으로 말하겠습니다. 우리 마을에서 예언자를 제외하고는 모두 한 가족과 같습니다. 그건 알고 있네. 여기가 근친 간의 혼인으로 성립된 마을이란 걸. 께름칙한 일이지만. 아무튼, 한 가족과 같은 사람이 아니라는 그 이유 때문에, 즉 예언자가 이방인이라는 것 때문에 예언자의 집을 수색해보라고 말한 건가? 제 말을 오해하지 마세요. 저는 이 사건을 누군가가 자행한 살인사건으로 보지 않습니다. 더구나 예언자가 그런 짓을 했다고는 더욱 더 생각하지 않죠. 검사관님께서도 잘 아시다시피. 다만 언덕 위의 집을 수색해보셨냐고 물었던 건 검사관님께서 가지고 계신 혐의를 포기할 필요가 있다는 걸 검사관님 스스로 알게 되기를 바랐기 때문입니다. 허허, 이 친구, 나를 놀리는구먼. 놀리는 게 아닙니다. 이미 예언자가 저 흙집을 떠난 지 삼 년이 넘었고 돌아왔다는 소문도 들리지만 그를 본 사람은 아무도 없습니다. 흑마술 따위로 우리 마을을 파멸로 이끌려는 생각을 가지지 않았다면 우리에게 일어나는 일들이 예언자의 사술이라고 할 만한 어떤 증거도 없다는 거죠. 그러니 죽음과 말발굽 소리로부터 우리를 그만 놓아두라는 말씀을 드리고 싶은 겁니다. 그대는, 내가 수사를 계속하는 게 못마땅한 건가, 아니면 불쌍한 건가? 둘 다일 수도 있고 아닐 수도 있습니다. 다만 제가 바라는 건 나이가 많은 순서대로 죽어가든, 말발굽 소리가 들려온 뒤에 어김없이 누군가가 죽어가든, 가만히 두고 보시라는 거죠. 아무리……. 검사관은 잠시 말을 끊었다가 말의 잔등을 물끄러미 내려다보고는 제게로 고개를 돌렸습니다. 그리곤 채찍을 들어 말의 엉덩짝을 두들긴 것과 거의 동시에 그는 물을 끼얹듯 말했습니다. 내가 증명하고 싶은 건 이 마을이 저주를 받았다는 걸세.

그를 태운 말은 이내 저희 집 앞을 떠났고, 먼지가 걷히기 전에 그는 제 시야에서도 사라져버렸죠. 저는 대문 앞 흙바닥에 쭈그려 앉아 돌멩이로 저주라는 단어를 천천히 썼습니다. 그 단어는 우리가 오래 전에 폐기되었다는 사실을 알고 있었던 희망이라는 단어만큼 공허했습니다. 저주란, 누군가가 그렇게 한다고 해서 일어나는 것이 아님을 저는 잘 알고 있었기 때문이었습니다. 저주 — 그것은 누군가가 하는 것이 아니라 스스로 일으키는 것일 뿐입니다. 인간의 다른 모든 행위와 다를 바 없이. 저주하는 자와 저주받는 자는 동일인이죠. 저는 어둠이 내릴 때까지 대문 앞에 쭈그려 앉아 있었습니다. 제가 생각하고 있었던 것은 예언자, 흑마술, 혹은 신 등이었지만 마지막으로 제 생각이 몰려간 곳은 다시금 사막으로부터 들려오기 시작한 말발굽 소리에 죽어갈 누군가였습니다.

5. 젖은 영혼

지옥으로 가는 길은 선의(善意)로 깔려 있다.[8]

왜 갑자기 그 말이 떠올랐는지 알 수 없었다. 이유는 알 수 없었지만, 누군가로부터 들었을 법한, 혹은 어떤 책에서 읽었을 법한 그 잠언투의 문장을 떠올리는 순간, 나는 꽤 깊은 잠에서 깨어난 것 같은 느낌을 받았다. 내 몸이 저절로 알아서 켜는 기지개에 의해 피곤함이 알아서 저절로 물러가버리는 것 같은 느낌.

나는 오랜만에 씩 웃어보았다.

아함무르 박사로부터 체류 비용이 송금되기를 기다리며 나그푸르에 머문 사흘 동안 나는 무기력의 후유증이지 싶은 증세로 거의 사흘 내내 침대에서 빠져나오질 못했다. 하지만 해일처럼 닥친 무력감은 결코 기분 나쁜 것만은 아니었다. 기분이 나빴다면 기차를 내리기 직전에 내가 마셨던 이상한 노란 액체에 대한 괴이쩍은 갈증뿐이었다. 그 이상한 액체에 대한 갈증이 위험 신호일 수도 있다는 것을 나는 직감했다. 무기력에 빠

---

8) "지옥으로 가는 길은 선의로 가득 차 있다"는 것은 서양의 속담으로, 인간은 각자가 모두 선한 동기를 가지고 행위한다는 것을 극단적으로 표현한 것이다.

졌을 때 그 무기력으로부터 벗어나는 길은 두 가지가 있다. 하나는 자신의 힘으로 빠져나오는 것이고, 다른 하나는 무언가로부터 도움을 받는 것이다. 후자의 경우, 도움의 태반은 약물이 제공한다. 그것이 얼마나 지독한 철칙인가를, 나는 생생하게 경험한 바 있었다.

내가 침대에서 빠져나오지 못한 것은 당연히 무력감 때문이었지만 실은 여인숙 밖으로 나가는 순간 내가 어디로 갈 것인지를 너무도 잘 알고 있었기 때문이다. 내 수중에는 한 푼의 돈도 남아 있지 않았지만, 어찌되었든 나는 그걸 찾아낼 수 있을 터였다. 그래서 나는 애써 침대에서 벗어나려 하지 않은 것이다.

나는 침대에 누워 지내는 동안 매번 거의 바뀌지 않은 채 반복되는 꿈을 꾸었다. 그것은 내 혈액 속에 잔류하고 있을지 모르는 마액(魔液) 때문이었다. 오래 전에 경험한 바 있던 이름 모르는 가루의 잔류물이 그랬듯, 며칠 전에 마셨던 그 노란 액체의 여운은 나를 영원히 멈추지 않는 회전목마에 올려놓은 채 끊임없이 돌고 돌았다. 나는 어떤 여자의 등을 뒤쪽에서 껴안고 있었고, 그녀는 쉬지 않고 까르르 까르르 웃었다. 그 꿈은 잠에서 깨어난다고 해서 끊어지는 것도 아니었다. 나는 꿈속에서의 그녀와 현실에서의 그녀를 마치 양쪽의 눈이라도 되는 양 초점을 맞추려고 애썼다. 어느 때는 정확하게 초점이 맞추어졌지만, 대부분은 초점이 맞지 않아 흐릿할 뿐이었다. 그녀는 결코 현실에 존재할 수 없었지만 엄연히 침대 안에 존재했고, 현실과 꿈의 초점이 맞추어지는 순간 꿈 안으로 훌쩍 달아나버렸다.

나는 결국, 내가 살아온 날의 어느 한순간을 내 기억의 창고에서 꺼내 더께로 앉은 먼지를 닦아내지 않으면 안 되었다.

*

한국에서 신학대학을 마친 내가 목회자의 길을 미루어두고 미국으로 건너와 비교종교학으로 석사 학위를 받은 것은 역설적이게도 독신(瀆神)의 길로 발을 들여놓는 계기가 되어버렸다. 그 길의 안내자는 4학기 동안 함께 공부하면서 친해진 질리안이라는 미국인 여자였다. 그녀는 학점은 정상적으로 취득했지만 제출한 논문이 도발적이라는 이유로 심사에서 탈락해 학위를 취득하지 못한 상태였다.

"스스로 신성한 존재라는 허울을 벗지 못하면 결코 신성함에 이를 수 없어."

질리안이 내게 한 말이었다. 그녀는 학위 논문을 탈락시킨

교수들의 영적 허위에 대해 신랄한 어조로 한바탕 늘어놓은 뒤, 셔츠의 단추를 몇 개 풀어냈다. 나는 그녀의 둥근 젖무덤을 반쯤 넋이 나간 채 바라보는 동안 대꾸할 말을 잊었다. 그러자 그녀는 내게 자신의 육체를 마음껏 탐할 기회를 제공하겠노라고, 독립선언서라도 낭독하듯 말했다.

"육체가, 신성하지 않다는, 얘기야?"

나는 겨우 그렇게, 토막을 내듯 떠듬거리며 물었다. 그녀의 고개가 사납게 흔들렸다. 하지만 말투는 상냥하기 이를 데 없었다.

"육체는 신성하지도 않고, 신성하지 않은 것도 아냐. 육체가 신성하다거나 신성하지 않다거나 하는 일체의 언급은 다 무가치해."

그녀의 대답이 채찍이라도 된 듯 나는 그녀에게로 달려들었고, 질리도록 그녀의 몸을 탐했다. 그것은 강간이나 매음(買淫)이 아니더라도 얼마든 일방적인 성행위가 가능하다는 것을 내게 주지시켰다. 이후로도 이 일방적 섹스는 계속되었을 뿐 아니라, 더욱 강도를 더해갔다. 하지만, 아주 당연하게, 나는 수치심에 몸을 떨어야 했다. 그럴 때마다 질리안은 내게 채찍을 후려갈겼다.

"조, 당신은 섹스를 하면서도 끊임없이 자신에게 물어. 이 짓이 무엇인가? 그걸 왜 물어야 하지? 물으면 편해져?"

그녀의 물음은 치명적이었다. 나는 그녀의 물음에 흔쾌히 대답하지는 못했지만, 그녀의 물음을 통해 죄악이란 어딘가로부터 내게로 불쑥 찾아오는 것이 아니라 내가 스스로 만들어내는 것이라는 사실을 눈치챌 수 있었다. 죄악의 향기가 왜 늘 후각을 자극하며 내 주위를 맴돌고 있었던 것인지를 나는 알 수 있었다. 내 삶이란 온갖 죄책감들로 가득했다. 어릴 때부터 줄곧 그랬다. 학교에서 친구와 말다툼을 하고도 죄를 지었다고 생각했고, 여자애에게 주기 위해 꽃을 꺾을 때도 죄를 지었으니 회개를 해야 한다고 생각했다. 성금 봉투를 잊은 채 교회에 갔을 때도 그랬고, 군종 장교의 여동생을 떠올릴 때도 그랬고, 고무신을 바꿔 신은 애인 때문에 자살한 친구를 떠올릴 때도 나는, "나는 죄인이오!"라며 머리칼을 쥐어뜯었다.

하지만 질리안이 강변한, 신성함의 허울을 벗는 것이 신성함으로 나아가는 길이라는 것은, 아무리 그녀와 살을 섞어도 확인할 수는 없었다. 어느 날 나는 선언하듯 내뱉었다.

"굿바이!"

LA의 한 해변 모텔 침대 위에서 폐병 말기환자가 각혈하듯 엄청난 코피를 쏟고 난 뒤 그녀에게 한 말이었다. 신학이 과연 내가 궁구하던 인류 구원의 동력으로 작용할 수 있는가에 대한 심각한 회의조차 하지 못한 채 그저 물길을 따라 떠내려가는 부유물처럼 미국에서 3년을 보내버렸다는 자괴감이, 질리안이라는 질펵한 늪에 빠져 허우적이는 동안 나는 완전히 사라져버린 줄 알았었다. 그런데 전보다 훨씬 더 무겁고 두터운 자괴(自愧)의 덩어리가 내 목덜미를 누르고 있었다. 만지는 것마다 금이 되어버렸다는 마이더스의 손처럼, 움직일 때마다 내 발밑에는 온통 부끄러움만이 쌓일 뿐이었다.

더러운 죄, 더러운 죄인!

그녀가 흐드러지게 웃고 나서 내게 말했다.

"무척 고맙군. 내게 굿바이라고 말해주니. 이봐, 조. 굿바이(Good-bye)라는 게 무슨 뜻인 줄 알아? 그건 신과 함께하세요, 라는 뜻이라구."

God be with ye(you)!

그 한마디 때문에 결국 내가 그녀를 떠나지 않았다면 확실히 코미디였을 것이다. 하지만 선승(禪僧)의 외침 한마디로부터 깨달음의 길로 접어들 듯, 그녀의 그 말은 내게 선승의 일갈과 같았다. 비로소 나는 그녀의 육체로부터 벗어나 그녀가 가진 진정한 의미 안으로 들어갈 수 있었다.

질리안은 마치 예상하고 있었다는 듯 본격적으로 나를 길 잃은 어린 양으로 취급했다. 그렇다고 그녀가 구원의 목자처럼 굴었다는 얘기는 아니다. 하지만 나는 기꺼이 그녀를 목자로 삼았다. 그래서였을까, 구원의 지팡이를 든 채 길 잃은 한 마리의 양을 몰아가는 그녀는 새빨갛게 달아오른 유두와 용암이 들끓는 것 같던 음부와는 비교도 할 수 없는 강렬한 마력을 드러내 보였다.

그 마력의 정체는 명상애호가들이 흔히 스피리추얼리즘(Spiritualism)이라고 부르는, 그래서 영성주의(靈性主義)라고 우리말로 옮길 수 있는 것이었다. 처음 영성주의란 말이 생겨나던 때엔, 일반인들이 전혀 믿음을 부여하지 않는 귀신 따위의 존재를 극적으로 부각시키는 심령과학과 같은 말이었다. 기도와 기원과 갈구와 벼락같은 통성(痛聲)을 통해 야훼를 움직인다고 믿고 있던, 나 같은 세속적 기독교인에게 그것은 엄청나게 낯선 존재일 수밖에 없었다. 외로움과 성적 허기에 시달리던 한 동양인 크리스천에게 자신의 몸을 기꺼이 '보시'했던 질리안은, 놀랍게도 매조키스트에서 사디스트로 돌변했다. 숨 쉴 틈도 없이 나를 몰아세운 것이다. 융, 머튼[9], 브라이언 와이스[10], 아인슈타인, 와츠[11], 심지어 이스라엘의 초능력자 유리 겔러의 책들까지 싸들고 와서 내 책상에다 부려놓았다.

그러던 어느 날, 그녀는 내게 음험한 표정을 지으며, 중얼거리듯 낮게 내뱉었다.

"렛츠 페스트!(Let's fast!)"

나는 무슨 뜻인지를 알지 못했다.

---

9) 토마스 머튼(1915~1968) : 부모는 모두 미국인이었지만 프랑스에서 태어났다. 부친은 화가였다. 프랑스에서 초등교육을 받고 영국의 케임브리지 대학에서 수학했다. 독일과 이탈리아를 여행한 후 1935년 미국에 정착, 뉴욕 콜롬비아 대학에서 문학박사 학위를 취득했다. 1938년 가톨릭으로 개종, 프란치스코회가 경영하는 보나벤투라 학교에서 선생으로 지내다가 트라피스트 수도원으로 들어갔다. 많은 저작들을 남긴 그는, 특히 기도와 명상을 통한 신과의 만남을 유려한 문학적 향취를 지닌 글로 담아내는 데 주력했다.

10) 브라이언 와이스(1944~) : 미국 정신의학계의 대표하는 저명한 정신분석의. 최면에 의해 환자를 전생으로 퇴행시켜 정신병적 징후를 찾아내 치료를 하는 이른바 '전생퇴행요법(past-life therapy)'의 치료과정을 상세하게 기록해 한 인간의 영적 변모의 과정과 삶의 신비를 파헤치고, 나아가 우리가 어디서 왔고 어디로 가며 생의 목적은 무엇인가라는 질문에 답할 수 있는 길을 찾아가는 저서『Many lives, many masters』를 저술, 세계적인 관심을 끌었다. 이 책은 1995년『나는 환생을 믿지 않았다』라는 제목으로 우리에게 소개된 바 있다.

11) 앨런 와츠(1915~1973) : 인도철학과 중국철학, 특히 선불교를 깊이 연구해 선불교 해설자로 널리 알려진 철학자. 교파를 초월해 20세기 가장 독창적인 철학자의 한 사람으로 명성을 얻은 그는, 철학과 종교심리학에 관한 20여 권의 책을 저술했다. 그의 책들은 명상 수련자들의 필독서 구실을 하고 있다.

“뭐라구?” 하고 되묻자, 그녀는 거듭,

“페스트, 페스트!” 하고 말했다. 여전히 내가 멍한 표정을 짓고 있자, 그녀는 어색하게 미소를 지으며 고개를 설레설레 흔들고는 물었다.

“조, 아침에 먹는 식사를 뭐라고 그러는지는 알지?”

“당연히 알지. 브랙퍼스트(breakfast).”

“그걸 두 개로 떼어봐.”

“브레이크(break), 페스트(fast)."

"그래도 모르겠어?“

나는 물론 알지 못했다. 나는 그녀의 대답을 듣는 대신 책상 위에 놓여 있던 사전을 펼쳤다. 나는 fast 라는 단어에 빠르다는 뜻 외에 ‘단식(斷食)’이라는 뜻이 있다는 것을 처음으로 알았다. 영어에서 아침 식사(breakfast)는 단식을 마치고 첫 식사를 한다는 데서 생겨난 말이었다.

“뭐야? 그러니까, 날더러 단식을 하라고?”

“아니, 당신이 아니라, 우리!”

질리안은 내가 신학을 공부하면서 단식을 한 번도 해보지 않았다는 게 이해되지 않는다고 한숨까지 내쉬었다. 나는 굳이 그럴 필요성을 느끼지 않았다고 맞받았지만, 왠지 부끄러웠다.

그래서였는지 나는 그녀가 이끄는 대로 순순히 따라나섰다.

그녀가 나를 데려간 곳은 로스앤젤레스 남쪽, 샌디에이고에서 내륙 쪽으로 한 시간쯤 들어간 임페리얼 계곡의 한 낡은 별장이었다. 겉으로 낡아 보이는 것은 지은 지가 오래 되어서가 아니라 목수의 솜씨가 전혀 들어가 있지 않았기 때문이었다. 별장은 비만 새지 않도록 적당히 바람만 막을 수 있도록 지어진, 일테면 임시 가옥과 같은 집이었다. 겉모양과는 어울리지 않게 '명상센터'라는 거창한 이름이 붙어 있던 그 집은 질리안이 속해 있는 오리엔탈 포즈(oriental pose)라는 동양학을 연구하는 클럽의 회원들이 집회와 명상 수련을 위해 자신들이 직접 지은 것이었다.

여러 개의 방으로 나누어져도 좋을 만큼 꽤 널찍한 실내는 칸막이 없이 그저 하나로 툭 트인 원룸 형태였다. 제법 방위를 맞춘 듯, 커다란 벽 하나는 동쪽에 맞추어져 있었다. 그 벽에 내게는 너무도 익숙한 문양 하나가 옅은 회색 천에 인쇄되어 걸려 있었다.

태극 문양이었다.

분명히 낯익을 수밖에 없는 그 태극의 문양은, 하지만 꼭 그만큼 낯설었다. 그것을 보았을 때 내 뇌리를 스치며 지나간 것은 실은 별로 아름답지 않은 이미지였다. 전혀 신비로움을 느낄 수 없는 그 문양은, 만약 단어 하나로 환치한다면 '창녀'였다. 태극 문양이 파탄이 난 육체를 가진 것처럼 느껴진 것은 확신히 오버센스였다. 그러나 그런 식의 과장스럽고 선병질적인 반응은 내가 지닌 성격적 결함이 분명했지만, 그것이 바로 나였다. 사실, 태극 문양에 대한 밥맛 떨어지는 느낌은 미국에서 지내는 동안 내가 겪어낸 온갖 불유쾌한 경험에 대한 총체적 반응이라고 해야 옳았다.

미국에서 지내는 동안, 동양에 대해 기울이는 미국인들의 관심이 크면 클수록 나는 "아이 돈 노우 웰!(I don't know well!)"을 주절거리며 발을 빼곤 했다. 그럴 때마다 뇌리를 스치며 지나간 것이 바로 창녀였다. 미국인들의 희번덕이는 푸른 눈알이 마치 '미아리 텍사스'에 다닥다닥 줄지어 늘어선 붉은 유리창 안을 들여다보고 있는 술 취한 사내들의 그것처럼 느껴졌기 때문이었다. 어쩔 수가 없었다. 하지만 나는 나의 성격적 결함을 편협한 국수주의 따위로 몰아세우지는 않았다. 그것보다는 훨씬 냉혹한 무엇이 내 안에 존재하고 있었던 것이다. 그것은 인간이 지닌, 낯선 것에 대한 턱없이 과도한 관심 그 자체에 대한 경계였다. 이국적이라는 뜻의 엑조틱(exotic)이나 진기하다는 의미를 가진 유니크(unique) 같은 단어에 대해 생래적인 거부감을 가지고 있다는 것에 나 자신도 놀란 게 사실이었다. 굳이 변명을 하자면 그것은 엄숙함과 진지함에 대한 묵살과 무시와 유린으로부터 나 자신을 방어하려는 생래적인 본능이었다.

하지만 그것이 아무런 힘도 발휘하지 못한다는 것을 나는 알아버렸다. 아무리 칼날을 세워봤자, 아무리 칼을 휘둘러봤자 베어지는 게 아무 것도 없음을, 미국에서 지낸 3년 동안 나는 절실하게 깨달았다. 나는 어차피 노란둥이였고, 미아리 '푸줏간'의 유리창 안에 앉아 있을 수밖에 없었다. 어쩌면 그들 또한 내게는 유리 상자 안의 존재들일지 몰랐다.

양쪽 벽에 붙어 있는 활짝 열린 네 개의 창문으로 상쾌한 바람과 밝은 햇살이 아무런 걸림도 없이 밀려들고 있었다. 그 집의 용도가 순전히 단식을 위한 것인 듯, 어디에도 주방 시설은 보이지 않았다.

"물도 안 먹어?"

냉장고도 보이질 않자, 내가 퉁명스럽게 물었다.

질리안은 대답은 하지 않고 한심하다는 듯 그저 고개만 설레설레 흔들었다. 그리곤 나를 북쪽 창가로 끌고 갔다. 별장으로부터 제법 먼 거리이기는 했지만, 어떤 지독한 가뭄에도 결코 마르지 않을 것 같은 풍부한 수량을 가진 시냇물이 흐르고 있었다. 물빛은 약간 누런 빛깔을 띠고 있었지만, 바위 틈 사이로 빠져나오는 흰 포말을 가진 물줄기는 더 없이 싱그러웠다. 나는 호흡이 저절로 안으로 빨려들어왔다가 또한 한없이 길고 느리게 빠져나가는 것을 느꼈다. 시냇물과 바위들, 그 위를 덮고 있는 짙은 녹색의 나무들, 그리고 그 나무들 사이로 비껴 떨어지는 햇살과 그 햇살들을 끊임없이 던지고 있는 푸른 하늘로 천천히 시선을 이동했다.

"죽이는군!"

내 말에 질리안은 보란 듯이 활짝 웃었다. 하지만 나는 딴죽을 걸었다.

"이런 데서 명상이다 단식이다 요란을 떨게 뭐야? 그냥 파묻혀 있으면 그 자체로 이 더러운 육체와 정신이 한꺼번에 정화될 텐데."

질리안은 가볍게 고개를 저었다.

"인간들은 늘 그렇게 살아왔지. 하지만 자연 속에 파묻혀 있을 때뿐이었어. 자연에서 지내는 동안에만 유효한 정화였을 뿐이란 거야. 다시 세상으로 돌아가면, 오히려 때와 먼지들은 더욱 극성스럽게 달려들고, 대책이 없어. 속악한 인간들보다는 꽤

성스러운 존재라고 스스로 여기는 인간들이 오히려 훨씬 빠르고 지독하게 타락해버리는 것과 같은 이치지."

"그게 인간이고, 세계지. 그렇지 않아?"

"조, 지금 당신은 제대로 질문을 하고 있지 않아. 당신은 한 번도 그렇게 생각하질 않았다는 거, 나는 알아. 그런데도 당신은 늘 비꼬듯 질문해. 조, 당신 같은 사람을 뭐라고 부르는지 알아?"

나는 미간을 잔뜩 찌푸린 채 질리안의 푸른 눈알을 쏘아보았다. 그녀는 내 눈을 슬쩍 피하며 창밖으로 몸을 내밀고는 말했다.

"자신을 부정하는 어법으로 교묘하게 스스로를 위장하는 이기주의자. 자신을 타락했다고 말하길 즐기면서도 실은 자신의 순결이 훼손될까 겁 잔뜩 집어먹은 결벽주의자."

"천만에!"

"아니, 내 말이 옳아. 그건 당신이 더 잘 알 거야."

"천만에!"

"아니야. 당신은 신에 대해 경배를 하기 위해 기꺼이 고개를 숙이면서도 단 한 번도 신으로부터 무엇을 바라본 적이 없는 사람이잖아. 당신 같은 인간이, 진정한 순교자이지."

"헛! 순교자? 날 조롱하는 거야?"

"내가 놀리는 것 같아? 인간들의 교과서에 수록된 순교자들의 태반은 실은 맹목적이고 광신적인 복종자일 뿐이야. 신을 위해 목숨을 내놓는 행위 뒤에 성자의 칭호를 얻으려는 목적을 숨겨놓은 탐욕스럽고, 가증스러운……."

"함부로 말하지 마."

"함부로 말하는 거 아니야."

"……."

나는 반박할 말을 찾고 있었다. 하지만 반박할 기회를 주지 않으려는 듯 질리안은 야무지게 쏘아붙였다.

"순교자 가려내는 법을 일러드리지. 우선 마터랄러지(martyrology)[12]에 등장하는 사람들을 제외시켜버려. 그리고 죽는 순간까지 자신의 신념에 대해 의심해보지 않은 사람도 제외시켜. 마지막으로, 이른바 순교자 가문이라는 데 속한 사람들을 모두 명단에서 지워버려. 아비와 자식이 대대로 신을 위해 죽어간다는 건 죄의 세습만큼 무의미해."

"으스스한 유머구만."

---

12) 그리스도교의 순교사(殉敎史) 혹은 순교열전(殉敎列傳).

"우스갯소리로 들려?"

"그럼, 아니야? 넌 신을 위해 죽는다는 게 무엇을 의미하는지 발가락의 때만큼도 몰라."

"물론. 난 몰라. 하지만 진짜 순교자는 신을 의심의 방에다 가두어놓는 자들 중에서 나온다는 건 알아. 당신처럼."

"질리안, 미안하지만 당신은 날 오해하고 있어. 내가 신을 가두어놓은 곳은 의심의 방이 아니라 두려움의 방이야. 난 순교자의 발톱만큼도 되지 못하는 인간이라고."

"표현은 중요하지 않아. 자기가 누구인지도 모르는데 입 밖으로 튀어나왔다고 다 옳은 건 아니지."

"천만에. 난 잘 알아. 나도 잘 알고, 너희들도 잘 알아. 너희 같은 신비주의자들의 수법도. 그래봐야 너희들은 대책 없는 인본주의자들일 뿐이지. 휴머니스트라는 훈장 외엔 다른 어떤 것도 무의미한. 질리안, 난 널 사랑하지만, 네 어설픈 생각까지 사랑하는 건 아니야. 넌 결국 자신이, 신의 보좌를 차지하려는 어떤 놈팡이 초월주의자에게 농락당한 가여운 처녀라는 사실을 절감하게 될 거야."

나는 극단적인 어휘를 사용하고 있었지만 질리안은 결코 흔들리지 않았다.

"조, 아마도 지금 당신은 이렇게 말하고 싶겠지. 질리안, 오, 질리안, 날 안아줘! 널 안고 있을 때만 난 나를 알 수 있어!"

우습게도 그녀의 말은 옳았다. 나는 그녀를 안고 싶었다. 신비주의니 순교니 하는 단어들을 입에 올리는 건 시간낭비였다. 하지만, 그래서, 나는 아무런 말도 할 수 없었다. 어떻게 그런 일이 가능했는지는 몰라도, 그녀는 정말이지 사디스트가 되어 있었다. 그리고 나는 지독한 마조히즘에 젖어 있었다.

나는 가야 할 길을 잃어버린 한 마리 지저분한 거리의 개였다. 내가 짖어대는 건 저항이 아니라 호소였다. 한 편의 홈드라마와 같은 행운을 기다리고 있었다. 마음씨 좋은 동물애호가를 만나 따스한 그의 집 욕실에서 기분 좋은 애무를 받으며 온몸을 향기로운 샴푸의 거품에 맡겨놓는 그런 개가 될 수 있기를. 그런 점에서 내게는 학대조차도 무한한 행운일 수 있었다. 사디스트와 마조히스트의 관계는 그래서 공생일 수밖에 없었다.

결국 나는 아메리칸 특유의 속사포 같은 언어의 빗줄기에 내 몸을 속절없이 맡겨놓았다. 하지만 내가 정말 힘겨웠던 것은 그녀가 내뱉는 말의 태반이 이미 오래 전에 나를 거쳐간 것들이라는 사실이었다. 내가 반응을 포기한 것은 바로 그 때문이기도 했다.

"조, 당신은 이렇게도 말하고 싶을 거야. 하지만 질리안, 내가 아무리 너의 육체 속으로 기어들어가도 난 진정으로 널 만날 수가 없어! 왜냐하면 질리안, 너의 안에서 만나는 너는 네가 아니라 약에 푹 절어버린 가짜 영혼이니까!"

"그만해."

"아니, 계속하겠어. 당신은 날 알지 못하니까. 당신이 아는 질리안이란 여자는 결코 초월을 맛보려고 마약 따위에나 기대는 신비에 환장한 년은 아니니까. 오히려 난 고행조차 거짓일 거라고 수없이 의심해온 순결한 크리스천이니까. 내가 바로 순교자니까!"

나는 질리안의 입을 틀어막아야만 했다. 아마도 한국 여자 같았으면 그 대목에서 눈물을 줄줄 흘릴 거라고 터무니없이 상상했다. 하지만 목놓아 울음을 터뜨린 건 오히려 나였다. 그리곤 우는 자의 등을 자애로 가득 찬 손으로 토닥토닥 두들기던 질리안의 품에 안겨, 그녀의 말처럼 나는 이기적이고 까탈스런 결벽주의자의 자리로 내 작은 몸을 구겨넣고 말았다.

지옥으로 가는 길은 선의(善意)로 깔려 있다.

꿈에서 깨어나면서 느낀 상쾌함은, 내가 기억의 창고에서 꺼내 더께로 앉은 먼지를 떨어낸 뒤 마주친 잊힌 기억들과 다르지 않았다. 무기력의 강을 건넌 뒤 강변의 자갈들 위에 젖은 옷을 벗어 말리고 있는 내가 보였다. 모든 것은 선(善)이라는 옷을 입고 있었다. 그러나 그것들은 모두가 지옥에 존재하는 것들이었다. 푸른 하늘과 흰 구름, 존재의 무거움을 털어대는 새들, 흐르는 강물, 빛나는 검은 자갈들, 번들거리는 살갗, 지혜를 구하던 시절, 그 시절의 드물었던 용기, 사랑, 두근거리던 가슴, 무수한 행운들, 아름다움을 향해 비행하던 모든 것들, 추억들 — 그 모든 것들은 선이었고, 또한 지옥의 존재들이었다.

나는 아무 것도 알 수 없었다.

*

나그푸르의 초라한 여인숙 바깥에는 늘 뭔지 모를 소음이 존재했다. 힌두어는 분명했지만 무슨 말인지 알아들을 수는 없었다. 사흘이나 지났지만 소음은 좀체 익숙해지지 않았다. 기묘하게도 통증과 무기력을 하나로 만들어준 노란 액체에 대한 갈증 속에서 질리안 피처제럴드의 꿈을 연거푸 꾸고 난 사흘째 해거름녘, 나는 경찰서장으로부터 전화를 받았다.

은행에서 천 달러에 대한 지불보증이 떨어졌다는 거였다. 그길로 나는 미련 없이 짐을 꾸렸다. 그래봐야 배낭에 넣을 수 있는 건 속옷과 티셔츠, 그리고 『라마할디』가 전부였다. 홀쭉해진 배낭을 집어든 순간, 문득 '무소유'란 단어가 떠올라 빙그레 웃었다.

언제 당도할지 모르는 대륙의 동안(東岸)을 향한 밤차에 몸을 실은 나는 아주 고전적인 질문 하나를 나 자신에게 던졌다.

"나는 누구인가?"

나는 누구일까.

나란 인간은 누구일까.

나그푸르에서의 사흘 동안 여인숙 침대 위에서 꾸었던 흉몽의 주인일 뿐일까.

나이든 자들은 예외 없이 차례차례 죽어갔고, 마을사람들은 늘 그랬듯 그 기막힌 죽음을 저항 없이 받아들였습니다. 나이든 자들의 질서정연한 죽음이 어떤 관성을 가지고 있는 듯하다고 누군가 표현했을 때, 우리는 슬금슬금 초장(草葬)터로부터 벗어나 언덕을 오르기 시작했지요. 우리들 중 누구도 선동하지 않았지만 언제부턴가 우리의 터벅거리는 발걸음은 그렇게 언덕을 향하고 있었습니다. 선동은커녕, 어느 순간까지는 우리가 언덕을 오르고 있다는 사실조차 감지하지 못했습니다. 하지만 저는 제 자신에게 물었습니다. 우리는 지금 예언의 부재(不在)를 확인하기 위해 언덕을 오르는 것일까. 아니면 우리 삶의 예외 없는, 이 정교한 질서에 수긍하기 위해 예언자의 집을 찾는 것일까. 두 개의 물음은 어쩌면 하나일지도 몰랐습니다.

예언자의 말이 갈피를 잃기 시작한 때를 우리가 정확히 기억하지 못하는 것은 그의 예언이 정확히 맞아떨어졌던 때를 또한 정확히 기억하지 못하는 것과 다를 바가 없었습니다. 하지만 언젠가 그가 마을로 내려와 젖은 채소와 과실 몇 개를 앞에 놓고 이듬해 봄의 밭갈이를 위해 축도를 하던 때는 적어도 행복이라는 단어를 아궁이에다 집어넣기 전이었죠. 굶어죽는다는 사실이 그리 비참하게 느껴지지 않을 정도로 자존감이 땅바닥까지 내려앉아 있던 그때, 그는 말했습니다. 다음의 일에 대해 미리 말하는 것은 능력이 아닙니다. 때문에 계발이란 애초부터 불가능합니다. 다만 다음이라는 때에 대해 귀를 기울이는 동안 그 누구도 우리로부터 미래를 앗아갈 수 없을 뿐입니다. 씨앗을 뿌리는 일은 당연히 거두어들이는 일을 전제하지 않습니까. 미래는 다만 전제일 뿐입니다. 씨앗을 뿌리고 한낮에 땀을 쏟으며 견디어내도 수확물 하나 거둬들이지 못할 수 있다는 사실을 알아야 합니다. 그리고 이때에야 앞날에 대해 우리가 할 수 있는 일이 모두 기원으로 바뀌지요. 기원만이 우리의 능력이고, 비로소 계발이 가능해집니다.

비록 그의 예언하는 횟수가 줄어들고 기껏 한 예언도 맞아떨어지는 빈도가 줄어들긴 했지만 그의 말은 더없이 명료했습니다. 봄이 시작할 무렵 저는 두 손을 모았습니다. 저는 그의 명료한 언어를 아름답다고 생각하는 데 주저하지 않았습니다. 그를 위해 몸을 바치려 했던 수많은 누이들을 저는 기억합니다. 그들은 그를 위해 온갖 노력을 마다하지 않았고, 제게 그들은 더없이 아름다웠죠. 언덕 위 예언자의 집을 빙 둘러싼 우리의 표정은 딱딱하게 굳어 있었습니다. 수행자들을 집어삼킨 채 침묵의 향기를 뿜고 있던 산 위의 개미집 같은 토굴들 위로 늦은 아침의 누런 햇살이 흩어지고 있었죠. 한동안 우리의 입은 굳게 닫혀 있었고, 누구도 발을 옮겨놓지 않았습니다. 서로의 눈길이 마주치면 얼른 외면했습니다. 누구도 어떤 일을 도모하려는 몸짓을 선불리 보여주지 않았습니다. 저는 제 기억들을 믿을 수가 없네. 어디 한 번 내게 말해주게나. 누구든. 그러면 나는 내려가서 조용히 맞이하겠네. 내 귀를 열어놓겠다는 뜻일세. 하늘에서 들려오는 은총의 말발굽 소리를. 그 말을 한 자가 누구인지를 확인하기 위해 굳이 어두운 기억의 창고 속으로 들어갈 필요는 없겠죠. 저는 기억력이 좋고, 제 귓속으로 밀려들던 은밀한 목소리의 주인을 잊는다는 건 불가능한 일이니까요. 제 어깨에 얹혀 있던 예언자의 가늘고 파리한 손을 잊는다는 건 불가능한 일입니다. 예언자가 한 말과 토씨 하나 다르지 않은 말을 다시 들은 건 그로부터 며칠 지나지 않아서였죠. 말발굽 소리에 목숨을 내놓아야 할 어느 노인의 집을 방문했을 때, 노인이 제게 그렇게 말한 겁니다.

언덕 위 예언자의 집을 둘러싸고 있던 우리들 중 누군가가 불쌍하면서도 고상한 노인의 그 말을 (실은 예언자의 말을) 키득거리는 웃음으로 되뇌었습니다. 그 웃음이 비록 경박하긴 했지만 죽음을 맞이하게 될 노인을 비웃는 게 아니라는 사실은 잘 알고 있었습니다. 노인의 말은 더없이 확신에 차 있었고, 확신에 찬 말을 비웃을 수는 없으니까요. 솔직히 저는 박수라도 치고 싶은 심정이었습니다. 그때 난데없이 우리들 중 누군가가, 비겁하군!, 하고 외마디를 쳤습니다. 도대체 누가 비겁하다는 건지 알 수 없었습니다. 방금 시처럼 회한을 읊조린 늙은이가 비겁하다는 걸까? 하지만 그건 아니었습니다. 그렇다면 예언자가? 그도 아닌 게 분명했습니다. 오두막 안에 예언자가 버티고 있는지조차 알지 못하는 상황이라는 건 누구나 다 아는 일이었지요. 그렇다면 비겁하다는 그 말은 우리 자신들에게나, 혹은 그렇게 말한 자기 자신에게로 향한 것임이 분명했습니다. 그런 탓이었을까요. 그, 비겁하군!,이라는 외마디는 갑자기 선동의 구호가 되어버렸습니다. 그 말은, 우리의 등을 떠밀었습니다. 우리는 포위망을 좁혀가는 군대처럼 예언자의 집 대문으로 다가갔지요.

마침내 문을 두드린 것은 말발굽 소리에 마을의 연장자들이 차례로 죽어갔다는 자신의 기억을 믿을 수 없으니 누가 말 좀 해달라고 한 노인도 아니었고, 비겁하다는 구호를 외친 자도 아니었습니다. 대문을 두드린 것은 바로 토굴을 훑고 있던 한 조각의 햇살이 미끄러져 내리자 눈살을 잔뜩 찌푸린 어떤 자였다. 사실 그는 우리 중의 누구라도 상관이 없었을 겁니다. 제 자신이었다 해도 말입니다. 아무튼 세 번쯤 문을 두드린 그는 아무런 반응이 없자 나무로 엉성하게 짠 출입문을 걷어찼습니다. 두근거리는 우리들의 가슴과는 달리 문은 힘없이 열렸고, 그가 맨 먼저 예언자의 집 마당 안으로 성큼 발을 들여놓았습니다. 하지만 예언자의 집 좁은 마당 안으로 들어설 때의 호기로움은 어디로 가고, 갑자기 그는 안면을 실룩거릴 뿐 아무 말도 하지 못했습니다. 저는 생각했습니다. 비겁하다는 것은 제대로 선택된 말이라는 것을.

결국 우리는 모두 비겁했습니다. 우리는 시도 때도 없이 비겁했습니다. 하나의 비겁함을 이겨내고 나면 또 다른 비겁함이 다가왔습니다. 비겁함과 비겁함 사이에서만이 비겁함을 면할 수 있었습니다.

하지만 그건 찰나만큼이나 짧았죠. 없는 것과 마찬가지였습니다. 하지만 진정으로 비겁한 인간은 자신을 절대로 꺾지 않는 자일 거라는 생각이 문득 들었습니다. 고집스러운 자들 말입니다. 그들은 누군가가 고집을 꺾을 때마다 비겁한 놈이라고 소리를 질러댔습니다. 하지만 누가 비겁하단 말이야! 저는 머리를 흔들어버렸습니다. 선택할 수가 없었습니다. 하지만 예언자는 비겁하지 않다는 확신이 들었습니다. 그는 우리를 위해 자기 자신을 꺾은 용기 있는 사람이었습니다. 자신을 꺾지 않는 자는 절대의 진리를 선포할 수는 있을지 모르지만 진정으로 용기 있는 사람은 아닙니다. 그런 자는 오히려 이기적입니다. 자신만을 위한 존재일 뿐입니다. 절대의 진리라는 아무짝에도 쓸모없는 말장난을 선포하는 일이란 도대체 무슨 의미란 말입니까? 예언자는 결코 어떤 절대의 진리도 발설하지 않았습니다. 그는 존재하지도 않는 절대의 진리를 뇌까리는 일이 얼마나 무의미한지를 태어나기 전부터 이미 알고 있었을지 모릅니다.

다만 그는 겨울이 다 가기 전에 마을로 내려와 과실나무와 씨앗들 위에 손바닥을 올려놓고 축도를 올려주었을 뿐이었습니다. 그것이 그가 행한 가장 큰 욕망의 발산이었습니다. 저같이 미천한 인간조차 알 수 있었다면, 대체 우리는 왜 그가 떠나도록 내버려둔 것일까요? 마을을 떠나기 전 몇 해 동안 간혹, 그는 먹장구름에 숨은 엄청난 비를 미리 얘기해주곤 했었죠. 하지만 그뿐이었습니다. 큰물이 져 우리 마을이 초토가 되는 동안 홍수를 피할 수 있는 언덕 위 그의 집 주변이나 수행자들의 토굴로 우리들을 대피하도록 하는 일조차 그는 강요하지 않았습니다. 덕분에 게으르거나 무심하거나 욕심을 버리지 못한 자들 몇은 거친 물길 속에서 생을 버렸지요. 그 여름이 지날 무렵 우리는 조심스럽게 저주라는 단어를 꺼냈습니다. 그런 우리들을 그는 이해할 수 있다는 듯 가만히 고개를 끄덕였습니다. 우리들은 불안했습니다.

지금, 우리는 그때의 것과 조금도 다르지 않은 불안에 휩싸여 있습니다. 예언의 부재 — 이유는 그것입니다. 당시 누군가가 예언자를 정면으로 쏘아보며 물었더랬지요. 왜 우리가 저주를 받아야 하는 겁니까? 그때 누군가가 혀를 차듯 말했습니다. 당연하지,라고. 내가 예언자의 앞으로 주저하며 나섰습니다. 저 사람의 말처럼 정말 당연한 겁니까? 우리는 저주를 피할 수 없습니까? 한동안 침묵을 지키고 있던 예언자가 입을 열었습니다. 모든 저주는 그만한 이유를 지니고 있게 마련이지요. 저주를 피해갈 수는 없습니다. 피할 수 없는 건 저주만이 아닙니다. 사랑이나 자애를 생각해보십시오. 누가 그것들을 피해갈 수 있습니까? 저는 한 발 더 앞으로 나서며 두려움을 꾹꾹 누르며 물었습니다. 우리가 두려워하는 것은 사랑이나 자애가 아니라 저주입니다. 우리들의 악행이 저주를 불러오는 겁니까? 예언자가 나직이 말했습니다. 악행이란 건 없습니다. 누구에게 악행인 것이라도 누구에게는 악행이 아니니까요. 뭔가를 악행이라고 한다고 해서 악행이 되는 것은 아닙니다. 사랑과 자애를 보십시오. 굶주린 호랑이를 먹이기 위해 개를 잡는 것이 우리들의 생입니다. 개를 잡는 것을 악행이라고 한다면 호랑이를 굶겨 죽이는 것도 악행입니다. 저는 또 물었지요. 우리들은 우리들의 누이와 혼인을 하고, 우리들의 누이는 그들의 오라버니와 잠자리를 합니다. 우리는 이렇게 하면서 이것을 악행이라고 합니다. 예언자가 되물었죠. 누가 그렇게 말합니까? 제가 답했죠. 이방인들이 그렇게 말했습니다. 그래서 우리들을 저주한다고 말했습니다. 토굴의 수행자들 중에서도 그렇게 말하는 사람이 있습니다. 그래서 그들은 우리에게 관심이 없다고 말했습니다. 머지않아 우리들은 하늘의 심판을 받을 거라고 수행자들은 주저의 말을 퍼부었습니다. 그들은 자신들이 하늘로부터 빛과 말씀을 듣는다 해도 그것을 우리를 위해 쓰지는 않을 거라고 말했습니다. 그 말을 하는 순간 예언자의 어깨가 주춤거렸죠. 그는 숨을 골랐습니다. 그는 신중하게 말하는 사람이었으므로 우리 중의 누구도 그가 숨을 고르는 동안 채근하지는 않았습니다.

그가 이윽고 노래하듯 말했죠. 이곳은 축복받은 땅입니다. 여러분들이 아무리 부인해도 거역할 수 없는 축복입니다. 어쩌면 여러분들이 거부하거나 거역할수록 이곳은 더 큰 축복의 땅이 될 겁니다. 축복은 씨앗과 같습니다. 작은 것이 큰 것을 잉태하는 법입니다. 작은 것 속에 큰 것이 숨어 있으니까요. 하지만 작은 것은 불안으로 꽉 차 있게 마련입니다. 영성이 들어찬 불안은 황폐한 땅을 정화합니다. 작은 벌레 하나가 세상을 먹여 살리듯. 내가 여기로 온 것도 그 때문입니다. 저는 그 말에 감복하여 그의 앞에 무릎을 꿇었죠. 오,

당신이 우리에게로 온 것만이 유일한 축복입니다. 축복이라고 말해 주십시오. 그러자 예언자는, 쉿-!, 하고 갑자기 자신의 검지를 뻗어 제 입을 막았습니다. 그리고는 바람에 뻣뻣이 흔들리는 감람나무 잎처럼 고개를 어눌하게 저었습니다. 우리는 입을 다물었고, 숨소리를 죽였습니다. 그때는 그랬습니다. 우리는 행복했습니다. 분명히 그랬습니다. 저는 압니다. 우리가 예언자에게 속았다고 생각한 것은 사실일 수 없다는 것을요. 제 입을 가로막는 그의 손가락에서 풍겨 나오던 그 황홀한 내음을 저는 잊을 수 없습니다. 적어도 그런 향기는 어떤 이도 흉내낼 수 없는 법이지요. 토굴에 숨어 흑마술을 익히는 수행자들 중에는 백 걸음을 한 걸음으로 줄이는 자가 있고, 겨울에 딸기를 맺게 할 수 있는 자가 있다고 했지만 그들 중의 그 누구도 손가락 끝에 황홀한 내음을 매달 줄 아는 자는 없었습니다. 적어도 우리들 중 열의 아홉은 그가 마을을 떠난 것이 다른 예언의 말을 가지고 오기 위해서였음을 믿고 있었습니다. 다만 겨우 열의 하나만이 속았다고 말했고, 아홉 중의 아무도 그의 말에 토를 달지 않았으므로 겉으로만 예언자의 수법에 우리가 농락당한 것으로 보였을 뿐이었죠. 물론 그건 그리 중요한 일이 아니었습니다. 그가 속일 이유가 없었으니까요. 그는 예언자일 뿐이었습니다.

그는 자신의 비범함을 드러내기 위해, 혹은 비범해지기 위해 토굴 따위로 숨어드는 수행자들과는 달랐습니다. 그는 우리가 원하면 무엇이든 보여주었습니다. 심장을 멈추게 하고, 다시 뛰게 하면서 우리를 웃겼습니다. 그는 빳빳한 감람나무 잎을 따서 잘게 부수어 바람에 날렸고, 그 나무 꼭대기에서 고양이처럼 사뿐히 뛰어내려 우리를 놀라게 했습니다. 하지만 우리들 중 누군가는 그는 한낱 마법사일 뿐이라고, 토굴 속의 수행자들과는 비교할 수 없을 정도로 천박한 사기꾼이라고 말했죠. 그렇게 말하는 자는 자신이 토굴에서 목격한 일들을 예언자가 앞에 있는데도 입에 침이 마르도록 떠들어 댔습니다. 하지만 그 자가 얘기하는 동안 예언자는 결코 자리를 뜨지 않은 채 끝까지 얘기를 들었습니다. 수행자들 중에는 이미 보석처럼 단단하고 빛나는 육체를 이룬 자도 있어. 나더러 단도를 주면서 가슴을 찔러보라고 하더군. 나는 있는 힘을 다해서 찔렀지. 그 자는 우리를 빠르게 일별했지만, 그래서?, 하고 묻는 사람이 없자 상기된 표정을 지으며 목소리를 더욱 높였습니다. 하마터면 큰일날

뻔했지 뭐야. 단도가 퉁겨서 내 손목을 자를 뻔했다니까. 우리는 아무도 그 자의 말이 거짓이라고 말하지는 않았지만 그의 말이 사실이라 하더라도 중요하지 않았습니다. 왜냐하면 그가 수행자들의 무리에 섞여 우리 마을로 들어왔을 때를 우리는 잘 기억하고 있었기 때문입니다.

수행자들이 우리 마을로 들어온 것은, 그야말로 몰려왔다고 해야 할 만큼 일순간의 일이었지요. 논밭은 물론이고 마을이 몽땅 없어져 버릴 정도로 엄청난 홍수가 휩쓸고 간 뒤였습니다. 자갈밭으로 변해 버린 돌투성이의 밭둑 위에서 우리는 토굴을 향하고 있던 백색 장삼을 걸친 한 떼의 무리를 망연한 눈길로 바라보고 있었습니다. 그들 무리에서 한 남자가 우리에게로 걸어 내려온 것은 태양이 푸른 하늘의 한복판에서 돌투성이의 밭 위로 빛줄기를 내리꽂던 무렵이었다. 거리낌 없이 우리에게로 내려온 자의 입에서 튀어나온 첫 마디는, 오!, 하는 감탄사였다. 그것은 여느 감탄과 다르지 않았지요. 그는 안면을 실룩거리며 온통 돌들로 뒤덮인 폐허의 마을을 휘 둘러보고는 입을 열었습니다. 기적입니다. 신의 축복입니다. 정말로 죽은 자가 없다니, 죽기는커녕 털끝 하나 다친 자가 없다니, 오, 이건 기적입니다. 그의 말에 아무도 반응을 보이지 않자 그는 좀 당황한 듯 어깨를 으쓱해 보이더니 돌아서려 했습니다. 하지만 우리가 기적이라는 그의 말과 신의 축복이라는 표현에 대해 아무런 반응도 보이지 않은 것은 그의 말이 옳지 않거나 과장되어 있기 때문이 아니었습니다. 물론 그의 말은 올바르지도 않고, 너무 과장되어 있었지요. 마을이 죄다 사라져버릴 정도의 홍수가 났는데 어떻게 아무도 죽지도 다치지도 않았다고 생각할 수 있는지 우리는 이해할 수 없었습니다. 더구나 신의 축복이나 기적 따위를 운운한다는 것은 우리에겐 화가 나는 일조차 되질 못했습니다. 바로 그 이해할 수 없는 일을 아무렇지도 않게 행하고 있는 그들에게 우리로서는 어떤 반응도 보일 수가 없었던 겁니다. 그제야 우리들 중 누군가가, 당신들은 누구요?, 하고 그에게 물었죠. 그는 다람쥐처럼 재빨리 몸을 우리에게로 돌렸습니다. 우리들은 수행자들이오. 수행자? 그건, 뭣하는 자들이요? 신의 말씀을 듣기를 고대하며 어둠 속에서 고행하는 자이지요. 무슨 고행? 말씀을 드려도 알 수가 없을 겁니다. 우리들은 신비의 물로 목을 축이고, 신비의 물질로 배를 채우지요. 그래서 천상의 목소리를 하나도 빠뜨리지 않고 들을 수 있는 신비의 몸을 지니고 있소. 비유를 하자면 천상으로부터 내려오는 빛과 말씀이 우리의 몸에 아무런 걸림도 없이 그대로 꽂힌다고 보면 됩니다. 그는 거만하기까지는 않았지만 말끝에 어금니를 꽉 깨무는 모양이 오만이라는 과실을 가득 베어 문 듯 보였죠. 그런데 뭐하러 이곳까지 왔소? 우리는 귀찮은 듯 물었지만 그는 열에 들떠 대답했습니다. 이곳이 바로 신비의 땅이기 때문이오. 마을을 휩쓸고 간 홍수에도 죽은 사람은커녕 아무도 다치지 않았다는 얘기를 들었는데 우리들이 이곳으로 오지 않을 수가 없었지요. 그리고 나는 지금 그 얘기가 결코 한낱 과장된 풍문이 아니란 걸 이 두 눈으로 똑똑히 보았구요. 두 눈을 뽑아버릴 듯 자신의 두 손으로 눈두덩을 쿡쿡 찌르는 확신에 찬 그의 동작은 결코 우리를 설득하지 못했습니다. 우리는 그의 말이 끝나자 다시 밭둑에서 내려와 돌을 골라내기 시작했고, 그는 한동안 멈칫거리다가 먼지를 일으키며 언덕으로 돌아갔습니다.

마흔 명 남짓한 수행자들은 그렇게 우리 마을로 들어왔습니다. 하나같이 신의 음성과 천상에서 내려오는 빛을 받기 위해 산정으로 올라가는 그들을 우리는 막을 수 없었습니다. 아니, 굳이 막지 않았습니다. 수행자가 무엇하는 족속들인지를 잘 알지 못했기 때문이기도 했지만, 적어도 산정에서 지낸다면 우리에겐 방해가 되질 않을 것이기 때문이었지요. 산정으로 올라간 그들은 며칠 동안 정성을 다해 제를 올렸습니다. 그리고는 토굴을 파기 시작했고, 그 후로 한동안 그들의 모습은 보이지 않았습니다. 그들은 저마다 토굴 속으로 기어들어가 밖으로 나오질 않은 것입니다. 그리고 얼마 지나지 않아 수행자들과 비슷한 행색을 한 사람 하나가 마을로 들어왔는데, 기이하게도 토굴이 아닌 언덕바지에 흙과 돌로 집을 짓고는 그곳에서 기거하기 시작했습니다. 그렇게 몇 달쯤 지난 뒤부터 별 이유도 없이 그는 우리들 사이에서 예언자로 통했습니다. 하지만 그때는 라마할디라는 그의 이름이 불리기 전이었습니다.

예언자는 토굴 생활을 하는 수행자 무리들과는 달리 우리들과 자신을 분리하지 않았습니다. 그가 우리와 관계를 맺기 시작한 것은 마을의 젖먹이 아이 하나가 잠을 자다가 갑자기 죽는 일이 벌어졌을 때였지요. 그 어미의 말에 따르면 아이는 새벽녘에 젖을 빨다가 잠이 들었는데, 기척이 없어서 살펴보니 숨을 쉬지 않더라는 것이었습니다. 사실 그런 일은 빈번하지는 않지만 통 일어나지 않는 일도 아니었으므로, 별다른 예식을 치르지도 않고 동이 트자 홍수가 나기 전에 초장터로 사용하던 곳에다 죽은 아이를 던져놓았었지요. 그런데 우리들이 아침 끼니를 채우고 있을 때 신기한 일이 일어났습니다. 웬 여자의 비명소리가 마을을 들었다 놓았습니다. 그 비명소리의 주인공은 얼마 전 아이를 잃은 여자였습니다. 그것은 놀라움으로 가득 찬 기묘한 환호였습니다. 우리는 밥상을 그대로 둔 채 저마다 집밖으로 뛰쳐나왔습니다. 놀랍게도 여자의 팔에는 자갈밭으로 변해버린 옛 초장터에 던져버렸던 아이가 생글거리며 안겨 있었습니다. 그녀가 우리의 따귀를 후려치듯 소리쳤지요. 저기 언덕에 사는 수행자가 우리 아이를 살렸어요. 이 두 눈으로 똑똑히 보았다구요. 그 사람이 우리 아이를 거꾸로 잡고서 등짝을 후려치니까 금세 우리 아이가 숨을 쉬기 시작했다구요. 신기하고 놀라운 일이지 않아요? 그녀의 말은 거짓말일 리가 없었습니다. 그것을 증명이라도 하듯 그녀의 팔에 안긴 아이는 푸르고 높은 웃음소리를 마음껏 내지르고 있었습니다. 그때 우리 중의 누군가가 근엄한 목소리로 말했습니다. 그 사람은 수행자가 아니라 예언자일 거야. 예언자? 그건 또 뭣하는 개뼉다귀야. 개뼉다귀가 아니라 예언자라구. 글쎄 예언자가 뭣하는 족속이냐구? 뭣하는 족속이 아니라 예언자라고 했잖나. 근엄한 목소리의 주인은 마치 자신이 그 예언자라는 대단한 인간이라도 되는 듯 한껏 멋을 부리고는 입을 뗐습니다. 사막 밖에서 생활할 때 본 적이 있었지. 우선 그들은 아주 훌륭한 인품을 지녔더라구. 가령, 사람들은 간혹 그들과 얘기할 때 함부로 그 눈을 쳐다보지 못하지. 신을 대하듯이. 그들은 칼 같은 건 차고 다니지 않아. 그들은 먹지도 않는다고 그러더라구. 무엇보다 그들은 죽은 자를 살려낸다고 그랬지. 우리는 놀라지 않을 수 없었습니다. 누군가 물었습니다. 어떻게 죽은 자를 살려낸다는 거야? 하지만 그 물음은 곧 묵살되었습니다. 여자의 팔에 안긴 아이가 그 물음에 대한 가장 확실한 대답이었기 때문입니다.

그 일이 일어난 뒤부터 우리는 언덕 위의 흙집에 사는 사람을 아무런 의심 없이 예언자라고 믿었고, 그렇게 불렀습니다. 그리고 우리는 먹을 것을 싸들고 그의 집을 방문하기도 했고, 시집 갈 나이가 된 누이들을 꼬드겨 그의 집으로 보내기도 했지요. 하지만 처녀들은 그를 그다지 좋아하지 않았습니다. 그녀들의 얘기를 들어보면, 그가 지닌 능력이란 게 그리 볼품이 없다는 것이었지요. 물론 우리는 여자들의 말을 믿지 않았습니다. 그녀들의 말을 믿는 것은 곧 죽은 아이를 살려내는 걸 눈앞에서 목격한 우리 자신의 눈을 의심하는 것과 같았기 때문이었습니다. 하지만 때때로 처녀애들 중의 몇몇은 예언자의 집에서 황홀한 빛을 보았다고 말하기도 했습니다. 그런 빛들은 예언자가 공중에 떠 있을 때 주로 발산되는 거라고 말했습니다. 물론 곧 그 말도 우리들에게 묵살 당했습니다. 그런 말을 뇌까린 여자애들은 우리가 충분히 이해할 수 있을 정도의 말을 더 이상 하지 못했기 때문이었습니다. 가령, 왜 네 앞에서만 허공으로 뜨는 걸 보여주고 우리한테는 보여주지 않는 거지, 같은 물음에는 벙어리가 되어버렸던 겁니다. 아무튼, 그가 공중을 떠다닐 수 있든 어떻든 그는 우리와 친해졌습니다. 그가 우리 마을을 떠나기 바로 직전까지 말이죠.

그리고 5년이 지났습니다. 그가 다시 마을로 돌아왔다는 풍문이

돌기 시작했을 때, 우리는 죽은 자들이 살아 돌아온 것처럼 기쁨에 들떴지만, 풍문은 확인되지 않았습니다. 우리는 풀이 죽어버렸죠. 그가 마을을 떠난 이후 그의 부재로부터 생겨난 공허함을 메울 수 없었던 몇 사람은 그를 기억하며 토굴의 수행자들 밑으로 들어갔었는데, 예언자가 돌아왔다는 풍문을 듣고 토굴을 빠져나온 그 사람들은 너무도 크게 실망해 대부분 다시 토굴로 돌아갔지만 두 사람은 초장터에서 서로의 머리를 큰 돌로 내리쳐 죽어버린 일이 일어나기도 했습니다. 그건 희망을 돌로 찍어버린 꼴이었지요. 사막 밖으로부터 몰려오는 모래의 폭풍처럼 우리들 머리 위로 말발굽 소리가 지나가기 시작한 것은 바로 그 무렵이었습니다. 말발굽 소리에 마을의 연장자들이 차례차례, 순서에 한 치의 어김도 없이 죽어간 것 말이죠.

6. 신의 징검돌

나그푸르에서 캘커타로 오기까지 도대체 얼마나 많은 날들이 지났는지 나는 알 수 없었다. 도무지 낮과 밤이 얼마큼이나 지났고, 대체 어디를 지나왔는지 정확히 기억나는 것은 아무 것도 없었다. 나그푸르에서 노란 액체를 한 번 경험한 터라 내게 건네져오는 어떤 친절도 거부한 것은 물론이고, 다시 털리지 말아야 한다는 강박감에 짓눌린 채 아무리 피곤이 몰려와도 잠조차 자질 못했다. 나는 요란하게 덜컹거리는 차 안에서 끊임없이 졸다 깨다를 반복할 수밖에 없었다. 멀미 때문에 몇 번이나 속엣것을 게워 올렸다는 기억을 희미하게나마 할 수 있을 뿐이었다. 내 정신과 육체는 온전함과는 너무도 먼 거리에 외톨이처럼 떨어져 있었다. 하기야 몇 날이 갔는지, 어디를 거쳐 왔는지를 내가 꼭 알아야 할 이유는 없었다. 인도의 어느 도시도 따를 수 없는 거대한 괴물과도 같은 캘커타의 혼란 속에 나는 서 있었고, 그것만이 내가 부여잡을 수 있는 '지금'이었다.

그런 가운데서도 캘커타로 오는 동안 내가 생생하게 기억할 수 있었던 건 두 가지였다.

하나는 나그푸르를 떠날 때 서장에게 특별히 부탁해 챙겨두었던 스니커즈(초콜릿)를 야금야금 씹었다는 것이었다. 그것이 내가 뱃속으로 우겨넣은 음식의 전부였음은 물론이었다. 이미 인도에 도착해서 일주일만에,

“이 나라에 물이란 존재하지 않아. 적어도 내가 마셔왔던 그 물은.”

이라는 뼈 아픈 독백을 한 바 있었으므로, 나는 물뿐 아니라 인도가 건네주는 그 어떤 음식도 양껏 먹을 수가 없었다. 그런 점에서 초콜릿은 연명을 위한 유일한 조건인 셈이었다. 한 달이 넘는 동안 내 위장이 받아낸 엄청난 당분 때문에라도 나는 미국으로 돌아가는 즉시 위독한 당뇨병 환자가 되고 말 거라는 생각이 들어 씁쓸히 웃곤 했다.

캘커타를 향한 여행길에서 일어난 일들 중에서 두 번째이자 마지막으로 생생히 기억할 수 있는 것은 견딜 수 없는 현기증으로 나그푸르의 대합실 바닥에 쓰러졌을 때의 몽유(夢遊) 중에 만났던 신비의 여인을 다시 만났다는 것이다. 다시 만났을 때도 그 여인은 여전히 나를 아기처럼 자신의 품에 안고 있었다. 그녀의 부드러운 입술이 내 손등에 닿을 때 나는 온몸이 최초로 설렘을 느낀 소년처럼 한순간에 녹아 없어지는 것 같은 기운에

휩싸였다. 그것을 황홀경이라고 한다면, 나는 내 목숨과 그 순간을 충분히 바꿀 수도 있을 것 같았다. 여전히 그녀의 목소리는 나그푸르의 현기증 속에서처럼 어떤 내용도 담고 있지 않은 채 하나의 울림만으로 다가왔다. 하지만 그것은 어떤 기막힌 수사(修辭)보다 절묘했고, 아름다웠고, 감동적이었다. 나는 그녀의 그 강하고도 부드러운 울림에 보답하기라도 하듯 프로스트의 시를 천천히 읽어주곤 했다.

"시작과 끝, 그런 건 없다네. 존재하는 것은 오직 중간뿐……."

그러면 그녀는 그윽하게 미소를 지으며 웃었다. 고개를 들 때마다 어깨 위로 금빛의 머리칼이 흔들렸다. 그 순간 나는 그녀를 정확히 알아볼 수 있었다. 그녀는 다름 아닌, 바로 질리안 피처제럴드였다. 그리고 그녀는 나그푸르의 여인숙에서 사흘 동안 반복되는 꿈속에서 보았던 바로 그녀였다.

*

"질리안!"

단식 사흘째 날. 내 등을 타고 올라앉은, 찝찝한 기분을 자아

내게 하는 무거운 중량감이 끊이지 않고 지속된다는 느낌이 드는 순간 나는 소리를 질렀다. 샛노랗게 타들어가는 태양의 중심 같은 것이 뇌에 가득 차서 금방이라도 터져버릴 것 같았다. 정말 터져버린다면 누런 오물들로 온몸이 더럽혀질 것이었다. 온갖 지저분한 상상 속에서 숨은 꽉꽉 막혔고, 나도 모르게 이빨이 혀를 깨물어댔다. 뱃가죽은 더 이상 삼키는 것이 없으면 자살을 해버리겠노라고 내 정신을 향해 그악스럽게 내뱉고 있었다. 아무 것도 삼키지 못한 사흘은 그 자체로 지옥이었다.

하지만 그 어떤 것보다 나를 불쾌하게 만든 것은 바로 등을 찍어 누르는 무거움이었다. 나는 서늘한 마룻바닥에 납작하게 엎드려 있었는데 몸을 조금도 움직일 수가 없었다. 이상한 것은 몸을 움직일 힘이 없어서가 아니라 꼼짝하지 못하게 온몸이 단단히 결박되어 있는 것 같다는 거였다.

"……."

질리안은 내 바로 곁에서 가부좌를 하고 앉아 있었지만 내 외침에 어떤 응답도 하지 않았다. 북쪽 창 쪽으로 고개를 비튼 채 엎드려 있던 나는 질리안이 명상 상태에 들어가 있는 반대편으로 힘겹게 고개를 돌렸다. 내 귓속으로 물레를 잣는 듯한 소리처럼 가만가만 밀려오던 시냇물 소리가 사라지고 긴 풀가지를 흔들며 지나가는 가벼운 바람 소리가 스며들고 있었다. 그런데 그 바람 소리는 지척에서 들려왔고, 미세하고 가벼운 흔들림조차 명료하게 귀를 파고들었다. 놀랍게도 그 바람의 진원은 질리안의 몸이었다. 정확히 말하면 바람을 일으키는 것이 바로 그녀였던 것이다. 바짝 마른 내 입술에서 "헛!" 하는 소리가 비어져 나왔다.

척수마비 환자처럼 꼼짝하지 못한 채 멍하니 바라보고 있던 질리안은 그 자체로 하나의 환상이었다. 반듯하게 책상다리를 하고 앉아 있는 그녀는 마치 팔랑개비가 바람을 받아 돌아가듯 두 팔로 완만한 곡선을 그리고 있었다. 바람은 그 움직임을 따라 느렸다가는 빨라졌고, 성겼다가는 풍부해졌다. 그녀의 팔이 만들어내는 곡선은 크게 원을 그리듯 한 방향으로 돌기도 했지만 허공의 어느 지점에서 잠깐 멈추는 듯하다가 다시 반대편으로 되돌아가곤 했다. 그러다가는 또 천천히 원을 그렸고, 어느 순간 원의 3분의 2쯤 되는 공간에서 멈추어선 그녀의 손은 그 원을 가볍게 베어버리듯 앞쪽으로 곧게 나아갔다.

놀랍기는 했지만 그 동작은 내게 결코 낯선 것이 아니었다. 중국의 공원 같은 곳을 촬영한 화면이라면 당장 내 눈앞에서 펼쳐지고 있는 질리안과 같은 동작을 어렵지 않게 발견할 수 있을 터였다. 그런데 내가 그 생각을 하는 순간, 이상한 일이 일어났다. 등을 찍어 누르는 듯한 무거움을 전혀 느끼지 못한 채, 혹은 잠시 잊어먹은 듯, 나는 가볍게 미소까지 띠면서, 무아경에 빠져 팔을 휘돌리고 있는 질리안을 향해 이렇게 말한 것이다.

"어 벤디드 스트레잇 라인!(A bended straight line!)"

그 말이 떨어진 것과 질리안의 동작이 허공의 한 점에서 딱 멈춘 것은 거의 동시였다.

구부러진 직선!

마치 내 말이 그녀의 움직임을 멈추게 한 것 같았다. 하지만 정작 놀란 것은 나였다. 우리말로 '구부러진 직선'이라고 옮겨질 수 있는 그 표현은, 절대로 존재할 수 없는 것이었기 때문에 나를 놀라게 한 것이 아니라 그런 표현이 어떻게 내 입에서 튀어나왔는가 하는 것 때문에 나는 경악하듯 놀라고 말았다. 질리안은 잠깐 멈추었던 팔을 다시 천천히 휘돌리다가 자신의 가슴 앞쪽에서 합장하듯 가볍게 두 손을 모으고는 앞쪽으로 가볍게 고개를 숙였다가 든 뒤 내게로 고개를 돌렸다.

"조, 당신은 시를 써야겠어."

나는 여전히 바닥에 엎드린 채로 그녀의 말에 어색하게 웃었다. 그녀 역시 무심코 내 입에서 튀어나온 표현에 적잖이 놀란 듯했다. 하지만 잠시 밀려나 있던 불쾌한 중압감이 다시 내 등을 타고 앉았고, 나는 비명을 지르듯 한숨을 뽑아냈다.

"질리안, 시는 나중에 쓸 테니까, 우선 나부터 좀 구해줘."

질리안은 내가 엄살을 부린다는 듯 가볍게 웃었다.

"당신이 빠진 함정이 어디야? 허기? 갈증?"

"물론 배도 고프고, 입도 바짝 말랐어. 하지만 내 등에 업혀 있는 놈을 제발 좀 내려놔줘."

내 말에 그녀는 어깨를 으쓱하며 어이없다는 듯 두 손바닥을 위로 들어올렸다.

"누굴? 누굴 내려달라는 거야?"

"누군지 내가 어떻게 알아. 질리안 네가 날 이렇게 만들었어. 생짜로 굶게 만들었으면 됐지, 배고파 쓰러질 지경인 나한테 어떤 놈까지 업히게 만들어? 대체 어느 놈이야, 내 등에다 업혀놓은게. 2백 파운드는 나가겠어."

질리안이 킥킥거리며 웃었다.

"엄살이 아니야!"

나는 있는 힘을 다해 소리를 질렀다.

"엄살이 아니란 건 나도 알아."

"그럼 왜 그렇게 가만있는 거야. 도대체 내 등에 올라탄 놈이 누구야?."

"모르겠어?"

질리안의 말투는 한없이 무심했다. 도대체 그녀가 왜 그러는 것인지 이유를 알 수 없었다.

"꼼짝하질 못하니 돌아볼 수가 있어야지. 그러니 누군지 어떻게 알아?"

"조, 당신은 정말 2백 파운드짜리 인간이 당신 등에 올라타고 있다는 생각을 하는 거야?"

"그렇지 않으면?"

나는 거짓말을 하고 있는 게 아니었다. 내 등에는 단순히 어떤 감당할 수 없는 무게가 올려져 있는 것이 아니었다. 어떤 덩치 큰 놈이 정말로 양쪽 다리를 벌리고서 내 등에 찰싹 달라붙어 있었다. 그것이 남자인지 여자인지, 인간인지 아니면 시베리안 허스키 같은 거대한 개인지는 알 수 없었지만, 분명히 내가 느끼는 것은 완전히 자신의 체중을 내게 실어놓고 있는 어떤 존재의 무거움이었다.

질리안은 내 코앞까지 바짝 다가앉았다. 눈만 겨우 치떠 올려다본 그녀의 얼굴은 볼이 약간 상기되어 있었는데, 표정은 자못 심각했다. 표정이 좀 전과는 많이 달랐다. 나는 겁이 더럭 났다.

"잘 들어, 조."

"제발……."

"알았어. 그러니까, 내 말을 잘 들으라는 거야. 이를 악물고 참아. 물론, 참는다고 해결될 일 같지는 않지만."

내게는 더 이상 이를 악물 힘이 남아 있지 않았다. 악물어야 할 이가 송두리째 문드러진 것 같았다.

"예전에 우리 클럽 멤버 하나가 당신이랑 똑같은 증세를 호소한 적이 있었어. 그때도 단식 중이었지."

"알 만하군. 그 녀석은 며칠을 굶었었지?"

"글쎄? 한 일주일?"

"지독한 놈이군. 그렇게 굶고도 살아남았어?"

"우리 멤버들은 기본이 열흘이야."

"미쳤군."

빈정거리는 말에도 질리안의 표정은 오히려 더 굳어졌다.

"잘 들어, 조."

"듣고 있어. 어서 얘기해. 아, 얘기하기 전에 내 등에 올라타고 있는 놈부터 끌어내려주면 안 될까?"

나는 정말 견딜 수가 없었다. 내 등에 올려진 무거움은 더 이상 가만히 있지를 않고 등뼈를 분질러버릴 것처럼 요동까지 치기 시작했다. 한 번씩 충격을 가할 때마다 척주가 그대로 물러앉을 것 같았다.

"결론부터 얘기하면……."

질리안은 얄밉게도 거기서 말을 끊었다. 말을 고르는 것 같았다. 어쩌면 얘기하려는 그 결론이라는 게 내가 들어서 결코 좋아할 수 없는 것일지 모른다는 생각이 들었다. 하지만 그런 것에까지 신경을 곤두세울 여유가 내게는 없었다. 나는 금방이라도 숨이 끊어질 것 같았고, 어서 그녀가 결론이든 결말이든 던져놓고 내 등짝에 올라타고 말을 타듯 요동을 치고 있는 놈부터 끌어내려줬으면 싶었다. 그녀의 고혹적인 붉은 입술이 천천히 움직이는 것을 보면서, 나는 아예 눈을 감아버렸다. 아니었다. 눈을 감긴 했지만 그건 내가 감은 게 아니었다. 내 의지로 눈을 감은 것이 아니라 저절로 눈이 감겨버렸다고 해야 옳았다.

그녀의 목소리는 북쪽 창 너머로 가만가만 밀려드는 푸른 물소리처럼 아득하게 들려오고 있었다.

"우리 클럽의 멤버도 당신처럼 누군가가 등에 올라타서 찍어 누르는 것 같다는 얘기를 했었어. 시릴로라는 남자였는데, 회계사였던 그 사람은 그다지 심각한 건 아니었지만 다중인격(多重人格)증후군을 앓고 있었지. 우리 클럽에 들어온 건 그 사람 주치의가 주선을 했었어. 혹시 닥터 멘델이라고, 몰라?"

난 이미 그녀의 말에 대답할 수 있는 상태가 아니었다. 나는 도저히 되돌아올 수 없는 먼 거리로 영혼이 떠나가고 있는 걸 느꼈다.

"돈 유 노 닥터 멘델?(Don't you know Dr. Mendel?)"

이라고 묻는 그녀의 목소리는 나비의 날갯짓처럼 유연하게 흐느적거리며 내 왼쪽 귓속으로 밀려들어왔다가 갑자기 아주 약해지면서 오른쪽 귀로 빠져나갔다. 나는 멘델이라는 정신과 의사를 알고 있었다. 질리안이 내 책상에다 잔뜩 쌓아놓았던 정신과학 관련 서적들 사이에 그 멘델이라는 사람이 쓴 책이 끼어 있었던 것이다. 나는 불쾌한 무게감이 등을 짓누르고, 호흡이 턱턱 막히고, 정신이 아득해지는 가운데서도 어떻게 그토록 명료하게 『How to watch an invisible man, I』라는 책의 제목을 기억할 수 있었는지 신기했다.

보이지 않는 인간, '나'를 발견하는 법.

겨우 서문만 읽어본 것에 불과했지만, 멘델 박사가 쓴 그 책은 명상에 관한 여느 개괄서와 그리 다르지 않았다. 다만 서문을 통해 느낄 수 있었던 멘델의 특이점은, 그 자신이 마법사이기도 했던 종교학자이며 인문주의자며 철학자였던 루마니아의 신학자 멀치아 엘리아데와 그의 수많은 신비주의 서적들을 텍스트로 삼고 있다는 것이었다. 희한하게도 나는 멘델의 책 제1장에 적혀 있던 에피그램을 정확히 기억할 수 있었는데, 그 역시 엘리아데가 만들어낸 다분히 신비주의적인 구절이었다.

우주와 생명, 이 둘은 양면성을 지닌다.
인간을 고통 속으로 밀어넣고는 각자의 업(業)에 따라
끝없이 죽었다가 다시 태어나게 하지만,
그것은 또한 도탄에 빠진 인간의 정신을 구원하고
스스로를 규율하게 하며 절대의 자유를 경험시킨다.

질리안이 내게 아느냐고 물은 것이 바로 그 멘델 박사였다. 하지만 나는 고개를 끄덕일 수가 없었다. 다만 고요히 한쪽 귀로 스며들었다가 다른 쪽 귀로 빠져나가는, 물소리와 같은 그녀의 목소리만 묵묵히 듣고 있을 뿐이었다.

"시릴로의 증상은 가볍기는 했지만, 항상 그 사람이 하고 있던 회계사 일을 위협하는 존재였어. 가령, 이런 일이 있었지. 어느 날 롱비치의 사무실에서 퇴근한 그는 엘에이의 아파트로 돌아오고 있었는데, 갑자기 얼마 전 롱비치로 이사를 했다는 생각이 든 거야. 시릴로는 스트레스 때문에 일시적으로 생겨난 현상이거나 가벼운 건망증 정도로 여겼지만, 실은 그게 아니었어. 인터체인지에서 차를 돌려 롱비치 쪽으로 고속도로를 달리던 시릴로는, 어느 순간 자신이 왜 롱비치로 차를 몰아가고 있는지 알 수가 없었어. 사무실이 그쪽이니까 출근을 하는 건가 싶었지만, 해가 지고 있는 걸 보고는 퇴근 시간이란 생각이 분명히 들었지. 그리곤 다시 차를 되돌려 엘에이로 향했어. 그렇게 그는 완전히 해가 떨어지고 밤이 깊어질 때까지 롱비치와 엘에이 사이에 놓인 고속도로 위를 끝없이 왕복하고 있었다더군. 가드레일을 들이받는 사고를 일으키지 않았다면 아마도 그는 더 오랫동안 고속도로 위를 왕복했을지도 몰라. 그 일이 있고나서 시릴로는 멘델 박사에게 찾아갔고 다중인격증후군이라는 사실을 알게 되었지. 시릴로에게는 두 개의 시릴로, 아니 누구인지 모르는 존재 하나가 더 들어앉아 있었던 거야. 하나가 밖으로 드러나면 다른 하나는 철저하게 숨어버리는. 시릴로는 치료를 받기 시작했지만 다중인격증후군은 그리 만만하게 치료되는 게 아니었어. 멘델 박사로부터 명상과 단식을 권유받은 건, 명상과 단식이 그에게 가능한 유일한 처방이었기 때문이지."

질리안은 내 등에 달라붙은 불쾌한 무게를 떼어줄 생각은 처음부터 하지 않았다는 듯 내가 듣고 있든 않든 주절거림을 멈추지 않았다. 그녀는 마침내 A. R. 루리아라는 정신과 의사가 쓴 『무너진 남자의 세계(The man with a shattered world)』에 나오는 얘기 한 토막을 무슨 성경 구절을 암송하듯 들려주고는 한참동안 침묵을 지켰다. 전쟁에 나갔다 머리에 총상을 입은 한 청년이 그 이후로 아무 것도 인식할 수 없는 상태에 빠져버린 얘기였다. 그 상태를 '마음이 없다'라고 표현했는데, 그는 바로 시릴로의 경우와 매우 흡사했다. 눈을 뜰 수가 없어서 볼 수는 없었지만 아마도 그녀는 측은한 눈길로 나를 내려다보고 있을 것임에 틀림없었다.

그녀의 목소리는 꽤 긴 침묵 뒤에 이어졌다.

"우린 그때, 열흘 동안의 여름휴가를 단식 수행을 하며 보내자고 합의를 하고 이곳으로 왔었지. 그땐 멘델 박사도 함께였어. 시릴로, 멘델 박사, 닐 먼, 그리고 내 친구 수잔과 나, 그렇게 다섯."

당시를 떠올리고 있는 듯 질리안은 잠깐 말을 그쳤다가 다시 이었다.

"단식 일주일째 되던 날 자신의 등에 누군가가 달라붙어 있다고 말하면서 시릴로는……, 지금, 조, 당신처럼 엎드린 채로 떼어달라고 호소를 했었지. 그때, 멘델 박사의 끔찍해하던 표정을 잊을 수가 없어. 헤이, 조! 조? 듣고 있어?"

낌새가 이상했는지, 질리안은 내 얼굴에다 자신의 얼굴을 바짝 들이댔다. 나는 아득해지는 정신을 수습하려고 그야말로 젖 먹던 힘까지 끌어내고 있었다. 그때, 머릿속을 꽉 채우고 있는 것 같던 빛들이 어딘가로 쑥 달아나며 나는 부르르 진저리를 쳤다.

"왜 그래?"

질리안의 약간 떨리는 듯한 음성은 더 이상 한쪽 귀로 들어왔다가 반대편 귀로 빠져나가지 않았다. 높낮이도 여느 때와 다를 바 없었다. 눈도 제대로 뜰 수 있었다. 그녀가 훅, 하고 숨을 뱉어냈다.

"멘델 박사가 왜 끔찍해했던 거야?"

그녀의 얼굴에 미소가 어렸다. 하지만 그녀의 목소리에 덮인 어두운 그늘은 여전했다.

“멘델 박사는 누군가의 영혼이, 정확히 누군가라고는 말하지 않았지만, 시릴로의 영혼을 억압하고 있다고 했어.”

“귀신에라도 들렸다는 건가? 다중인격이 아니었던 거야?”

“아무튼 멘델 박사의 말은 그랬어.”

“귀신이 그 친구의 등을 타고 앉았던 거라고 들리는군.”

“아마도 그랬던 거 같아. 어쨌든…… 멘델 박사의 말로는, 시릴로의 영혼을 억압하던 그것이 단식을 참아내지 못했다고 했어.”

“흐흐, 귀신이 배가 고팠단 말이지?”

“빈정거릴 힘이라도 남아 있군.”

질리안의 생각은 틀렸다. 나는 힘도 없었고, 등을 찍어 누르는 불쾌한 무게는 조금도 덜어지지 않은 상태였다.

“어떻게 됐어? 그 시릴로라는 친구는?”

“단식을 마치고 회복식을 하기 위해 롱비치의 아파트로 돌아가자마자 시릴로는 권총으로 자살을 해버렸어.”

그 순간, 나는 자리에서 벌떡 일어나 앉았다.

“엇!”

“……!”

질리안은 아무 말도 하지 못하고 손바닥으로 입을 가렸다. 그녀의 두 눈은 튀어나올 것처럼 부풀어 있었다. 마치 귀신이라도 본 것 같은 표정이었다. 하지만, 그녀는 진짜 귀신을 본 것이었다. 물론 그녀의 주장에 불과한 것이었지만.

질리안은 이렇게 소리를 질렀다.

"Get out!(떠나라!)"

내 눈에 비친 그녀는 완전히 무당이었다. 나는 기가 막혔다. 그녀는 도대체 뭘 본 거란 말인가. 그녀는 연거푸 소리를 질렀다.

"Get out at once!(당장 물러가라!)"

나는 그녀에게로 팔을 뻗었다. 내가 팔을 움직이는 순간, 등에 달라붙어 있던 무거운 중량감이 돌연 새의 깃털처럼 가벼워지는 것을 나는 느꼈다. 그녀가 내 팔에 안기며 말했다.

"갔어."

그리고 말했다.

"가는 걸, 봤어."

그녀는 울기 시작했고, 나는 내게 왜 이런 일들이 일어났는지에 대해 영원히 알 수 없을지도 모른다는 생각을 하고 있었다.

저는 우리가 불경한 일을 하고 있다는 생각을 하고 있었습니다. 하지만 그 다음에 떠오른 생각은 우리가 비록 불경한 일을 저지른다고 해도 예언자는 우리를 용서해줄 수 있을 거라는 것이었습니다. 그런 때문이었는지 저는 예언자의 방문을 걷어차다시피 열어젖힌 누군가의 거친 손길에도 그다지 놀라지 않았습니다. 오히려 지금부터 도대체 어떤 일이 일어날지를 한순간도 놓칠 수 없다는 듯 두 눈을 똑바로 치켜뜬 채로 어둠에 싸인 예언자의 방안을 바라보았습니다. 거칠게 열어젖혀진 예언자의 방은 어떤 희망의 씨앗도 움틀 수 없는, 황폐함 그 자체였습니다. 우리는 우리의 눈을 의심했습니다. 이랬단 말인가! 우리는 마치 그 방에서 토굴의 수행자들 가운데서 종종 보았다고 전해들은 엄청난 빛줄기라도 쏟아져 나오기를 기대한 사람처럼 빛은커녕 호롱불만큼의 빛도 존재하지 않는다는 사실로부터 큰 실망감에 휩싸이고 말았습니다.

예언자의 방은 방금 누군가가 와서 말끔히 청소를 해놓은 것처럼 거의 먼지를 발견할 수 없을 정도로 깨끗하다는 걸 제외하고는 아무 것도 건질 것이 없었습니다. 심지어 그 방안에는 일체의 장식도 존재하지 않았습니다. 있다면 얼마 지나지 않아 사라질 고요와 어둠뿐이었습니다. 누군가가 울먹이듯이 말했습니다. 속았어. 그러자 다른 누군가가 그 말을 받았습니다. 속았다는 걸 확인하는 게 중요한 것이 아니야. 이젠, 우리가 떠날 차례야. 떠난다구? 왜? 그럼 여기 남아 있게나. 글쎄 왜 떠나야 하느냐구? 떠나지 않고 어쩔 셈이야. 말발굽 소리가 다시 들려오면 이젠 더 이상 죽어갈 늙은이도 없어. 귀때기가 새파란 놈들까지 죽음 앞에 내몰리도록 놔둘 수는 없어. 저는 주저하고 있었습니다. 제가 하고 싶은 말은 예언자를 이렇게 쉽게 포기해서는 안 된다는 말이었습니다. 하지만 그 말을 하는 순간 누군가의 성난 손바닥이 제 뺨을 거칠게 갈겨버릴 거라는 생각 때문에 저는 도저히 입을 뗄 수가 없었습니다. 우리가 떠날 차례라고 말했던 사람이 나를 힐끔 쳐다보며 물었습니다. 넌 왜 그렇게 떨고 있어? 아직 네 차례가 오려면 한참이나 있어야 하는데. 그리고 우린 떠날 테니까 더 이상 두려워하지 마. 예언자에게 너무 기대를 가졌던 게 어리석은 일이었다는 것만 가슴에 새겨두면 된다구. 까짓, 지금부턴 내가 예언자 노릇을 할 수도 있어. 그는 웃고 있었는데, 그의 웃음은 먼지처럼 탁한 냄새를 지니고 있었습니다. 그리고 그의 웃음은 햇볕에 바랜 이불보처럼 나근거린다는 느낌도 들었다. 그때였습니다. 우리들의 귀를 적시는 누군가의 말소리가 들려왔습니다. 자, 이제 용의자 하나가 줄어든 셈이군.

예언자의 방안에서 어둠이 걷히기를 기다리고 있던 우리들은 일제히 소리가 들려온 뒤편으로 고개를 돌렸습니다. 검사관이 검은 달처럼 서 있었습니다. 무슨 뜻이요? 마을을 떠나자고 말했던 사내가 검사관에게 던진 물음이었습니다. 멀지 않은 곳에서 말의 울음소리가 들려왔습니다. 검사관이 타고 온 말인 듯했습니다. 무슨 뜻인지 몰라서 묻는 건 아니겠지? 하지만 설명해주겠네. 물론 내 말은 이 마을의 연장자들을 나이 순서대로 죽인 살인마가 적어도 당신들이 예언자라고 말하는 여기 이 집의 주인은 아니었다는 뜻이야. 당신들이 용의자의 목록에서 하나를 줄여주었단 뜻이지. 검사관의 말에, 마을을 떠나야 할 때가 왔다고 말했던 사내가 야릇하게 쿡쿡 웃었습니다. 또 한 번 말의 울음소리가 들려왔습니다. 하지만 누구도 말의 울음에 신경을 쓰지는 않았습니다. 웃음을 터뜨리고 난 사내가 검사관에게 말했습니다. 혹시 검사관님께서 노인들의 물잔에 독을 탄 건 아닌가요? 험악한 말에도 검사관은 별로 놀라진 않았습니다. 누군가가 사내의 팔을 슬며시 붙들었고, 사내는 그의 손길을 뿌리쳤습니다. 검사관이 말했습니다. 그랬을지도 모르지. 난 당신들을 저주하니까. 검사관의 말이 떨어지기 무섭게 사내가 버럭 소리를 질렀습니다. 저주라고요? 그래, 마음껏 저주하시오. 이제 우린 여길 뜰 테니까. 뜬다구? 검사관이 이번에는 허를 찔린 듯 우리들 앞으로 성큼 다가섰습니다. 우리는 물러날 곳도 없으면서 주춤 뒷걸음을 치는 시늉을 했습니다. 사내가 지지 않고 말했습니다. 그렇소. 당신의 저주를 피해 우리는 떠날 거요. 누구 맘대로! 검사관이 허리에 찬 권총을 뽑을 듯한 험악한 태도로 맞받아쳤습니다. 하지만 사내 역시 전혀 기세를 꺾지 않았습니다. 예언자도 헛것이라는 걸 알았으니, 더 이상 여기 남아 있을 정도로 우리가 어리석지는 않소. 우리는 떠날 거요. 당신들이 우리를 여기로 몰아넣기는 했지만 우리가 떠나는 것까지 막을 순 없을 거요. 어리석은……! 검사관은 다시금 울음소리를 낸 말 쪽으로 힐끔 돌아보며 입안으로 웅얼거렸습니다. 우리의 시선도 자연스럽게 그쪽으로 건너갔습니다. 예언자의 집 울타리가 있는 쪽이었습니다. 그리고 검사관과 우리들은 아주 잠깐 동안 얼어붙었습니다. 모든 소리들은 하늘로 빨려들어가버린 것 같았습니다. 모든 움직임은 얼음 속에 갇혀버린 것 같았습니다.

우리의 눈앞에 펼쳐진 광경은 믿을 수 없었습니다. 하지만 믿는다는 건 누군가의 전언(傳言)이거나 우리가 목격하지 못한 일들에나 적용할 수 있을 뿐인 말일 뿐이죠. 우리는 오줌을 누면 오줌발이 튀길 정도로 가까운 거리에서, 두 눈을 똑바로 뜬 채로 보고 있었습니다. 그건 믿느냐 믿지 않느냐는 말이 관여할 수 없는 상황이었습니다. 그리고 그야말로 벌건 대낮이었습니다. 예언자의 집 울타리에 매어져 있었던 게 분명한 검사관의 말이 사람 키의 두 배쯤 되는 허공으로 떠오른 채 옆구리와 오른쪽 눈알과 왼쪽 허벅지에 시꺼먼 피를 흘리며 버둥거리고 있었던 것입니다. 말을 허공에다 매달고 있는 줄 같은 건 전혀 없었습니다. 그저 말 혼자 떠 있을 뿐이었습니다. 누군가가 덜덜 떨며 말했습니다. 말은, 방금 전까지, 세 번을 울었어. 그게 무슨 뜻이야? 저, 저길 봐. 세, 세 곳에 피를 흘리고 있잖아. 과연 피가 쏟아지고 있는 곳은 말의 옆구리와 눈알과 허벅지,

세 곳이었습니다. 그건 썩 괜찮은 관찰 같았습니다. 예언자의 방안을 주시하고 있던 우리 앞에 검사관이 나타나고 나서 방금까지 말은 꼭 세 번을 울었음에 틀림이 없었습니다. 그 세 번의 울음이 만약, 말이 칼에 찔리거나 총탄을 맞아서 비명을 지른 것이었다면 그건 확실히 신빙성 있는 얘기였습니다.

한순간의 고요와 놀라움과 완벽한 부동(不動)이 지나가고 우리를 둘러싸고 있던 공기는 미친 것처럼 들떠 올랐습니다. 우리는 예언자의 방안에서 쏜살같이 튀어나와 좁은 마당으로 내려섰고, 권총을 뽑아든 검사관은 무엇을 찾는 듯 사방을 휘둘러보았습니다. 하지만 주위에 있는 거라곤 듬성듬성 풀포기가 꽂힌 황막한 언덕과 죽은 거인처럼 높다랗게 마을을 둘러싸고 있는 산뿐이었다. 새삼스럽게 바라본 산정의 숭숭 뚫린 토굴들 입구는 마치 구경꾼들이 빠끔히 내민 눈동자처럼 우리를 내려다보고 있었죠. 검사관이 타고 온 말은 여전히 허공에 떠오른 채 버둥거리고 있었습니다. 누군가가 열에 들뜬 목소리로 말했습니다. 예언자가 돌아왔어! 그 말을 누군가가 받았습니다. 예언자는 우리를 속이지 않았어! 다시 누군가가 그 말을 되받았습니다. 예언자의 놀라운 흑마술이야! 그때 저는, 아니에요!, 하고 소리를 지르고 싶었습니다. 흑마술일 리가 없었습니다. 아니 지금 우리들 눈앞에서 벌어지는 일이 누군가의 흑마술에 의한 것이라고 하더라도, 결코 예언자의 짓은 아니라고 저는 확신할 수 있었습니다. 흑마술이란 악마의 복수이기 때문입니다. 예언자는 악마가 아니었고, 더구나 그는 결코 누군가를 복수의 대상으로 삼아야 할 만큼 원한을 가진 사람도 아니었습니다. 차라리 경배를 드립시다,라고 말하고 싶어 미칠 것 같았습니다. 허공에서 버둥거리는 말을 본 순간, 저는 몇몇 사람들처럼 예언자가 우리 앞에 나타났다고 확신했습니다.

그때, 검사관이 허공으로 떠올라 버둥거리고 있는 자신의 말을 겨냥하더니 권총을 쏘았습니다. 검사관이 쏜 총탄은 빠르게 날아올라 말의 목덜미를 정확히 관통해버렸습니다. 더러는 눈을 감았고, 더러는 손으로 눈을 가리기도 했지만, 대부분은 너무도 급작스런 일이라 우리 눈앞에 벌어진 상황을 멍하니 바라보고만 있었었습니다. 그런데 희한한 것은 총을 맞은 말이 비명을 지르지도 않고, 피도 흘리지 않는다는 사실이었습니다. 오히려 허공에서 천천히 예언자의 집 울타리 곁으로 내려왔습니다. 오! 우리는 경탄의 소리를 내질렀습니다. 검사관은 말에게로 다가가지 못했습니다. 대신 그는 예언자의 집 울타리 안에서 조심스럽게 말의 동태를 살폈습니다. 누군가가 나직한 목소리로 말했습니다. 어떻게 된 일이지? 글쎄, 이건 흑마술이야. 누군가 그렇게 말을 받았습니다. 누굴 위한 마술일까? 그야 당연하지. 우리들을 위해서. 그 동안의 고통을 보상하기 위한. 보상? 예언자가 왜? 그야…… 그도 역시 위대한 왕, 샤의 후손이니까. 뭐? 예언자도 우리와 같은 족속이었단 말이야? 어떻게 그걸 증명하지? 누군가가 확신에 차서 말했습니다. 그대는 벌써 우리들의 위대한 경전을 잊었나? 거기에 이렇게 쓰여 있지 않았나. 너희가 핍박을 받을 때 서른 배로 갚으리라. 너희가 스스로 나서지 못할 때 너희의 칼을 대신 내리쳐줄 자가 나타나리라. 그렇다면, 우리 대신 우리의 칼을 뽑아줄 자가 예언자란 말이야? 누군가의 물음에 다른 누군가가 말했죠. 칼을 뽑아서 우리를 핍박한 자의 목을 내려칠 거야. 하지만 그때 저는 말하고 싶었습니다. 예언자는 피를 원하지 않아요! 예언자는 결코 누구를 해치지 않아요! 경전에서 말한 칼은 복수의 칼이 아니에요. 그러자 누군가가 물었습니다. 그럼 무엇이냐? 나는 깜짝 놀라고 말았습니다. 우리들 중 누구도 제게 그렇게 묻지 않았기 때문이었다. 그런데도 제 귀에 그 물음이 들려온 것입니다. 그럼 무엇이냐? 그 소리를 분명히 들었습니다. 저는 재빨리 주위를 훑어보았습니다. 저를 주시하는 어떤 눈길도 없었습니다. 하지만 그때, 저는 보았습니다. 지평선 끝에서 몰려오는 노란 먼지의 폭풍. 그리고 저는 들었습니다. 그 폭풍 속에서 우르르, 우르르, 몰려드는 아득한 말의 발굽소리를 말입니다. 예언자의 집 좁은 마당에 선 채로 어찌할 바를 몰라하던 우리들은 모두 모래폭풍을 보았고 말발굽 소리를 들었습니다. 그리고 그때 함께 있던 우리들 중의 누군가가 말의 발굽 소리가 우리들 머리 위로 지나가는 동안 가엽게도 자신의 생을 마감했습니다. 그가 우리 마을에 있던 사람들 가운데 가장 나이가 많았던 것입니다. 그는 바로 검사관이었습니다.

7. 어떤 새로움

캘커타는 자꾸만 내 등을 떠밀었다. 빨리 떠나라는 것이었다. 캘커타에 머물던 열흘 동안 내내 그랬다. 물론 나는 한시라도 빨리 떠나고 싶었다. 캘커타가 아니라 인도 자체를 떠나고 싶다는 게 그때의 절실한 내 심정이었다.

아함무르 박사의 조언대로 나는 이미 대학이나 연구단체에서 얻을 수 있는 서적 자료는 포기한 상태였다. 하지만 뭔가 영적(靈的)인 감응을 받아보라던 그의 조언에 전적으로 충실하기에도 나는 이미 몸과 마음이 모두 지쳐 있었다. 그런 점에서 나는 성실한 연구자도, 학자의 충직한 조수도 아니었다. 낮 동안 어디나 장바닥 같은 캘커타를 돌아다니다가 돌아와 잠자리에 누우면 어김없이 이어지던 불면의 밤들. 나는 누구이고, 나는 어디서 왔고, 나는 어디로 돌아갈 것인가를 물어볼 때마다 막혀버린 하수구처럼 울컥거리며 치밀어오르던 까닭모를 구역질. 무시로 찾아들던 눈이 뽑히는 것 같은 통증. 텅 빈 것 같던 기억의 창고. 무수한 먼지들. 여전히 갑갑하고, 더디게만 읽히던 『라마할디』까지 — 성실함이나 충직함이라는 것은 적어도 그때, 내

사전에서 완전히 탈락해버린 단어일 수밖에 없었다. 그래도 간간이, 침대 맡에 무릎을 꿇고 앉아 가물거리는 의식처럼 신을 향해 무언가를 읊조릴 수 있었던 것은 그나마 서른두 해를 인이 박히도록 익혀온 기도의 습관 이상 아무 것도 아니었다.

"당신은 누구십니까? 당신은 저처럼 숨을 쉬고 밥을 먹고 구역질을 하는, 그런 존재이십니까? 아니면, 나는 나다,라고 외칠 수 있듯, 나는 신이다,라고 선언할 때의 그, 살갗도 심장도 성기도 정신도 굴욕도 없는, 그것들에 구애받지 않으면서 동시에 그것들 전부인, 그런 존재입니까? 알고 싶습니다. 왜 당신은 우리에게 또렷하게 존재하는 것처럼 계셨습니까? 하지만 어떤 이들은 왜 당신을 존재와는 무관한 뭔가로 여기는 걸까요? 어찌하여 그들이, 나는 신이다,라고 말할 때 당신은 왜 그들의 입을 막지 않았습니까? 왜 그들 앞에서 당신은 눈 먼 사람처럼, 귀 먹은 사람처럼, 비굴한 사람처럼, 응답을 포기하신 겁니까?"

이상했다.

그렇게 내 영혼이 주절거리고 나면 몸은 훨씬 가벼워져 있었다. 지친 것과는 아무런 상관없이 내 몸은 공중으로 떠오르는 것 같았다. 나는 아주 큰 새가 되어 있었다. 너무 덩치가 커서 도저히 날아오를 수 없을 것 같은데 휘적휘적 날개를 퍼덕이며 몇 발자국 뛰어가다 땅을 박차면 훌쩍 날아오르는 큰 새. 무거움과 가벼움이 공존하는 기묘한 평형의 상태. 나는 텅 빈 충만의 상태를 경험하고 있었다. 텅 빈 충만이라는 말이 머릿속으로 떠오르는 순간 '구부러진 직선'이라는 말이 동시에 떠올랐다.

텅 빈 충만.

구부러진 직선.

무굴제국의 악바르가 창도했던 세속종교의 통합이 왜 이 땅 인도에서 가능했던 것인가를 탐색하는 일은 비로소 아함무르 박사의 조수로서가 아니라 나 자신을 위한 것이었다. 그 일이 일어난 것은 커다란 새처럼 느리지만 우아하게 하늘을 선회하고 있을 때였다. 나는 신성(神聖)과 속악(俗惡)이 극적으로 공생하는 거대한 공룡 같은 인도를 결코 떠날 수 없었다.

*

호텔 테라스에 나무의자를 갖다놓고 앉아 우울하게 스니커즈를 씹으며 검은 피부들이 바글거리고 있는 호텔 앞 시장통을 내려다보고 있을 때였다. 로비 쪽에서 참으로 오랜만에 듣는 언어가 귀를 찔러왔다. 허리를 잔뜩 구부려 아래쪽을 보니 때에 전 누런 장막 사이로 배낭을 멘 한 청년이 호텔 주인에게 소리를 지르는 것이 보였다.

"이틀치 한꺼번에 달래서 분명히 줬잖아, 씨팔!"

신경질이 잔뜩 배어 있는 한국말이었다. 그 말이 왜 내게 생기를 돋우어주었는지는 굳이 물을 필요가 없었다. 남의 불행이 나의 행복이라는 악마 같은 이기주의에 나는 부르르 몸을 떨었다. 더구나 그건 꽤 오랫동안 내 청각이 상실하고 있던 언어였다.

조급할 게 전혀 없었지만 호텔 외곽 계단을 짚고 내려가는 발이 허둥거렸다. 이런 데서 한국 사람을 만난다는 게 썩 좋은 일 같지는 않다는 게 우선 떠오른 생각이었다. 괜히 관여하는 게 아닌가, 뭐 그런, 예의 악마 같은 이기주의가 꿈틀거리고 있었다.

"선불 받지 않았으면 당신들이 재워주기나 했어? 이제 와서 숙박료를 내라니, 나 도둑놈이요, 하는 거나 마찬가지잖아."

계단 끝에 다다랐을 때, 머리에 터번을 쓴 호텔 주인과 배낭을 둘러멘 청년의 시선이 한꺼번에 밀려들었다. 나는 바지주머니에 두 손을 찌른 채로 거만한 표정으로 두 사람에게로 다가갔다. 그리고 내 입에서 영어 대신 힌두어가 아주 또박또박 내뱉어졌다. 물론, 호텔 주인에게였다. 얼굴이 시뻘겋게 달아 있던 청년이 내 말을 감으로 때려잡은 듯 얼굴을 활짝 펴면서 대뜸 내게 말했다.

"제법 유창하시군요, 힌두어가."

나는 눈의 크기를 조금 늘리면서 청년을 보았다. 청년이 내게 물었다.

"유학생입니까?"

나는 고개를 저었다.

"힌두어를 알아요?"

내 말에 그가 의미 모를 미소를 지어보였다. 그리고는 내게 말했다.

"이왕 내친 김인데, 사과까지 받게 해주시겠어요?"

나는 청년을 황당한 눈으로 바라보았다. 가소롭기도 했고, 호기롭게 보이기도 했다. 나는 청년의 목덜미에 걸린 누렇게 변색된 은제 목걸이를 물끄러미 건너다보았다. 거기에 매달린, 예의 바랜 하얀 십자가도.

"얘기를 들어보니 돈을 더 지불한 건 아닌 것 같던데. 그렇죠? 그럼 됐어요."

내 말이 무슨 뜻인지를 알아차린 듯 청년은 호텔 주인 앞으로 다가서더니 다짜고짜 그와 악수를 해버렸다. 그리고는 그악스럽게 내뱉었다.

"좆 같은 인도, 그래봐야 오늘로 끝이다."

나는 좀 더 심각한 황당함에 빠져버리고 말았다. 청년의 그 악스런 태도와 말씨에서 그의 목덜미에 달라붙은 십자가까지 — 한순간 그 거리는 인도 대륙만큼 넓어 보였다. 호텔 주인이 로비 안으로 들어가는 걸 보고 나는 얼른 청년에게서 돌아섰다.

"선생님이라고 부르죠. 저기, 선생님."

나는 돌아서던 발길을 청년에게로 되돌렸다. 청년의 얼굴엔 미소가 보기 좋게 피어 있었다.

"인도에서의 제 마지막 날을 위해 짜이라도 한 잔 마실 수 있는 아량을 베풀어주시지 않겠습니까?"

나는 그의 눈을 지그시 응시하며 어깨를 으쓱해 보였다. 달리 뾰족한 수가 없었다.

"올라갑시다."

나는 테라스로 오르는 외곽 계단 쪽으로 걸음을 옮기며 낮게 내뱉었다. 그리곤 덧붙였다.

"하지만 차는 없어요. 난 인도의 물을 믿지 못하거든요. 초콜릿은 몇 개 드릴 수 있어요."

내 뒤를 줄레줄레 따라오던 청년은 내가 농담을 하는 줄 알고 키득거리며 웃어댔다.

"막상 떠날려니까, 더럽게 섭섭하네요."

청년은 내 방으로 들어서자마자 묻지도 않은 말을 마구 늘어놓기 시작했다.

그는 배낭여행을 온 것도 아니고, 청년도 아니었다. 놀랍게도 그는 벌써 3년 동안 인도에서 살아온, 한국에 아이가 둘이나 있는, 게다가 선교사이기까지 했다. 나이도 곧 마흔이 된다고 했다. 그런데 얼굴은 갓 대학을 졸업한 듯한, 징그러울 정도의 동안이었다.

"여러모로 놀라게 하는 분이시군요."

"제가 원래 그래요. 벌써 마흔이 다 돼가는데도 대학생 같은 얼굴하며, 하느님 팔아먹고 사는 주제에 입은 완전히 걸레죠. 이래저래 많이들 놀라곤 하죠. 하지만 어쩔 수 없죠. 놀라든, 신경질을 내든, 속든, 믿든."

막힘없는 말솜씨는 흔히 '구라발'이라 부를 만한 수준이었다.

"그런데, 삼 년씩 여기 사셨으면 어지간한 의사소통은 가능할 텐데, 왜 아까는……."

"아, 힌두어요? 삼 년이나 있었는데, 하기는 좀 하죠. 그런데 아까도 말했다시피 오늘이 인도에서 종치는 날이거든요. 몇 년 동안 한국 사람들하고 떨어져 지내다 보니 한국말 할 시간이 없었어요. 내일부터 나는 한국에서 살아야 하는데, 그 동안 안 써서 잊어먹었을까봐 연습하는 겁니다, 으하하!"

나도 따라 웃지 않을 수 없었다.

"선교사라고 그러지 않았나요? 여기도 한인교회가 있을 텐데……."

"처음엔 한인교회서 일했었죠. 그리고 저, 말만 선교사지, 옷 벗은 지 꽤 돼요."

점입가경에 오리무중이었다.

그가 털어놓은 얘기에 귀를 놓고 있는 동안, 그는 나로선 도무지 이해가 가질 않는 사람이었다. 장백현이라는 이름을 가진 그는 애초엔 선교사로 인도에 파견된 게 아니었다. 한국에서 전도사로 있을 때 성지 순례팀을 따라 인도를 거쳐간 적이 있는데 그때의 인상이 워낙 깊어서 나중에 선교를 자원했다고 했다.

그렇게 인도로 온 삼 년 전, 델리 인근의 한 한인교회에서 부목사로 6개월 정도 지내던 그는 본격적으로 인도인들을 상대로 선교를 하겠다고 교회를 뛰쳐나와 간 곳이 뭄바이였다. 하지만 그는 그다지 성과를 거두지 못했다. 자신의 능력 부족 때문이라고는 생각하지 않았다. 겉으로는 기독교도라 하더라도 거의 힌두교도에 다름 아닐 정도로 인도 사람들의 내면에는 힌두이즘이 깊이 뿌리박혀 있다는 것을 느낀 그는 그걸 애써 바꾸어놓고 싶은 생각이 들지 않았다는 게 이유였다.

"힌두교가 다신주의(多神主義)라는 건 자명한 것 아닙니까. 가만히 들여다보니 그 신들이 내 눈에는 기독교의 하느님과 별반 다르게 보이지가 않더라구요. 두 가지 점에서 그랬어요. 그저 손바닥을 비비면서 복을 비는 차원에서 보더라도 신이 넷이든 열이든 하나든 상관없잖아요. 하나든 백이든 복을 비는 대상이란 건 마찬가지죠. 더 깊은 차원으로 들어가도 똑같더라고요. 가령, 내적 각성에 몰두하는 수행이란 걸 통해 큰 깨달음을 이루어서 그야말로 마음에 평화와 사랑이 샘솟게 되었다면 그게 시바든 비슈누든 브라마든, 예수의 보혈로 거듭나는 생 그 자체와 뭐가 다르겠습니까? 다신(多神)은 일신(一神)이고, 일산이 다신이다! 단번에 화두가 쫙 갈라져버리더군요."

장백현이 깨친 '다신즉일신(多神卽一神), 일신즉다신(一神卽多神)'의 화두는 더 이상 그를 선교의 길에 놓아두지 않았다. 그때부터 그는 기독교 신비주의자들이 명가의 보도처럼 써먹는 비경(秘經)에 기록되어 있다는 예수의 히말라야 순례 행로를 추적하기 시작했다. 그 추적은 그 자체로 장백현의 여행길이자 방랑이 되었다고 했다.

“뭘 좀 알아냈습니까?”

“글쎄요…….”

장백현은 그답지 않게 꼬리를 사렸다. 뭔가 숨기고 있는 듯하다는 느낌이 들었다. 그는 탁자 위에 올려놓은 스니커즈 초콜릿바를 집어다가 비닐포장을 벗기고는 우적거리며 씹을 뿐이었다.

“초콜릿 값은 하셔야죠.”

나는 은근히 사납게 물었다. 장백현은 빙그레 웃고는 걸쭉한 초콜릿 물이 든 입술을 쪽 핥고 나서야 입을 열었다.

“생각해보세요. 제가 뭘 발견할 수 있었겠습니까? 발견했다면 헛다리품을 팔았겠죠.”

“발견했다면 헛것이라뇨?”

“이런 말 들어봤어요?”

장백현은 좌우로 목을 꺾으며 잠시 뜸을 들였다.

지금은 어지간한 기독교인들도 다 아는, 이른바 『외경(外經)』이라는 것에 대해 그는 잠시 설명한 뒤, 그 『외경』에 서른 살 이전의 예수의 행적, 그러니까 그가 이스라엘로 돌아가 본격적으로 야훼의 말씀을 전하기 직전까지의 일이 기록되어 있다는 얘기를 짤막하게 덧붙였다. 그 기록에 의하면 예수는 히말라야에서 고행과 수도를 한 걸로 되어 있었다.

"참, 크리스천인가요?"

그가 옆구리를 찌르듯 물어왔다. 가슴이 철렁 내려앉는 것 같았다. 나는 모호하게 웃어보였다.

"신학에 조금 관심은 있어요. 지금은 인도 철학을 전공하고 있어요."

"좋은 거 하네요."

그렇게 툭 던져놓고 장백현은 다시 말을 이었다.

"내가 아까, 예수가 고행한 흔적을 발견했다면 헛다리품을 판 게 되었을 거라고 했었는데, 그게 무슨 뜻이냐 하면요."

장백현은 거기서 말을 끊고는 내 눈을 가만히 바라보았다. 그리곤 목소리를 살짝 낮추며 말을 이었다.

"기독교의 가장 중요한 비경 중 하나는 바로 예수의 열두 제자 중 하나였던 '도마'라는 자가 전한 복음서죠. 거기에 보면 이런 게 나와요. 물론 예수의 말이었죠."

장백현은 한 호흡을 침묵한 뒤에 이었다.

"만일 너희가 너희 자신을 안다면 알려질 것이고, 너희가 살아계신 아버지의 아들들이라는 것을 알 것이다. 그러나 만일 너희가 너희 자신을 알지 못한다면, 너희는 결핍 속에 있고 너희 자신이 곧 결핍이다."

내 두 손이 저절로 내 입을 가렸다.

'무슨 뜻일까?'

장백현이 내 눈을 노려보며 입을 뗐다.

"나는 2천 년 전 예수의 족적을 추적하면서 곧잘 묻곤 했어요. 나는 누구인가? 내가 왜 2천 년 전의 예수를 찾아야 하는 건가? 그럴 필요가 없죠. 예수가 이미 2천 년 전에 일러주었는데 말입니다. 내가 누구인지 알면 된다고, 그가 그랬잖습니까."

장백현은 검지를 곧추세워 자신의 가슴을 쿡쿡 찔렀다. 나는 아무 말도 할 수 없었다. 그저 그의 눈을 깊이 응시할 뿐이었다. 어쩌면 그때 나는 내게 말하고 있었을지 모른다. '어떻게 모든 신비주의자들은 하나같이 얘기하는가? 내가 신이라고.' 아함무르도 그랬고, 질리안도 그랬고, 지금은 장백현이란 사이비 선교사도 그렇게 얘기하고 있었다. 라마할디라는 마법사도.

젠장! 도대체 하느님은 어디로 도망질을 쳐버렸는가!

"사실, 예수의 삶은 아무리 그 중요성을 강조해도 지나치지 않죠. 신의 아들이라서이기도 하지만, 실은 많은 종교들 가운데서 신이 아닌 존재로 신을 가장 극명하게 알게 하는 거의 유일한 존재이기 때문이죠. 어렵진 않죠, 제 말이?"

나는 여전히 대꾸할 말이 없었고, 장백현은 느물거리는 입술을 천천히 움직였다.

"내친 김에 마저 갑시다. 난 말이죠, 유럽의 중요한 소설가들에 의해 예수가 온전히 인간의 모습으로 창조된 것과 반대로 예수에게 신의 옷을 입히고 싶어요."

의외였다. 좀 전과는 사뭇 다른 모습의 장백현은 담담하게, 마치 자신의 일을 고백하기라도 하듯 말했다.

"만약 우리가 성경에도 외경(外經)에도 매이지 않을 자신이 있다면, 그리고 그가 신의 아들이나 사람의 아들 중에서 어떤 걸 선택하는가의 문제로부터 자유로워질 수 있다면, 우린 지금보다 훨씬 예수를 잘 이해할 수 있을 겁니다. 내가 보기에, 예수는 거의 신을 얘기하지 않았어요. 그가 얘기한 것의 거의 전부는 인간이었어요. 목사들은 물론이고 대부분의 크리스천들이 떠들어대는 신을 믿지 않으면 천국에 가지 못한다는 식의 말을 예수는 결코 하지 않았다는 게 제 생각입니다. 나는 여기에 주목합니다."

장백현의 눈에서 잠깐 섬광 같은 걸 봤다는 착각이 일었다.

묘하게도 그것은 광신자에게서 흔히 볼 수 있는 것이었다. 하지만 그는 신에 대한 광적인 열망이 아니라 지독한 모독을 선택한 사람이었다.

"억지라도 좋아요. 내게 있어서 예수는, 우리가 어떻게 살아가야 하느냐를 몸으로 보여준 인간이었어요. 부처처럼. 그런 점에서 그들은 신이었어요. 소망이라고 우기지만 욕심에 불과한 것들로 가득 채워진 우리의 기도를 실현시켜주는 존재로서의 신이 아닌, 진정으로 인간을 사랑하는 존재로서의 신. 이런 사람들은 인류사에 아주 드물게 존재하는 법이죠. 사실, 저는 드물게가 아니라 유일하게 존재한다고 말하고 싶어요."

"유일하다면, 예수가 유일하다는 뜻인가요?"

묻고 넘어가야 할 타이밍이라는 생각이 들었다. 내 물음에 장백현이 살짝 미소를 머금었다가 다시 굳은 표정이 되어 입을 열었다.

"그래요, 예수가 유일한 존재입니다. 부처는 십자가 같은 덴 매달리지 않았으니까요. 큰 깨달음을 이룬 뒤에 부처는 설법에 주력했어요. 그를 십자가에 매달 수 있는 인간이 아무도 없었던 거죠. 그런데 예수는 우리가 십자가에 매달아버렸어요. 우리가 무슨 잘못을 하며 살아왔고, 무슨 잘못을 하며 살아갈지를, 그 마지막 진실을 보여주기 위해 예수는 가장 인간적인 고통 속에다 자신을 몰아넣은 겁니다. 이것이 바로 신을 이해시키기 위해 우리에게 던져준 그의 마지막 메시지였어요."

나는 침을 삼켰다. 그리고 떨리는 마음으로 그에게 물었다.

"신은 무엇이오?"

나는 그 대목에서 장백현이 웃어버릴 것만 같았다. 가소로워서. 하지만 그는 웃지 않았다. 그리고 말했다.

"내가 인도와 히말라야에서 본 건, 두 종류의 존재들이었어요. 짐승으로서의 인간과 신이 되기 위해 안간힘을 쓰는 인간."

"……."

"둘 다 신은 아니죠."

"궁극에 달하면, 결국 인간이 신이지 않나요?"

"해탈? 니르바나? 견성?"

장백현이 입을 약간 비틀면서 물었다. 그리곤 대답을 듣지 않고 말을 이었다. 대답을 들으려고 물은 것도 아니었다.

"그걸 이루면 신이 된다는 걸 누가 증명해주나요?"

"증명할 필요가 없잖아요, 그건."

"그런가요, 허허……. 하지만 해탈하고, 니르바나에 이르고, 견성을 해서 신이 되었다는 건 단지 추론에 의할 뿐이죠. 그렇지 않나요? 신에 대해선 조금도 겸손하지 않은 우리가 해탈, 니르바나, 견성에 대해선 무한히 겸손하다는 거, 그거 의아스럽지 않아요?"

그렇게 되물은 장백현이 자리에서 벌떡 일어났다. 그리곤 벗어놓았던 배낭을 집어들고는 한쪽 어깨에 둘러메었다. 그는 금방이라도 떠날 것 같은 태도였다. "얘기를 하다말고 일어서는 법이 어디 있소!" 나는 그 말을 입안에서 씹어버렸다. 문득, 그는 할 말을 다 했다는 생각이 들었다. 그는 말을 더 할 필요가 없었다. 말을 해야 한다면 그건 나였다. 이제 내가 할 차례였다. 물론 내가 할 얘기를 그가 꼭 들어야 할 필요는 없었다. 청중이라면 나 하나로도 족할 것이다. 너희가 너희를 알면 된다고 하지 않았던가. 예수가. 도마복음에 적힌 게 사실이라면. 그래서였을까, 나는 끝내 내가 해야 한다고 생각한 말들을 꾹꾹 눌러 뱃속까지, 발바닥까지 내려보냈다.

장백현이 손을 내밀었다. 나는 엉거주춤 그의 손을 잡았다. 보기와는 달리 그의 손은 두툼하게 군살이 박혀 있었다.

"언제 시간 나면 뱅갈로르에 가보세요."

"뱅갈로르……."

"거긴, 말하자면 종교박물관인 셈이죠. 온갖 종교들이 악머

구리처럼 들끓고 있으니까."

"그런데 왜 제게 종교박물관 같은 델 소개하는 거죠?"

"허허…… 아직도 날 모르시는구만."

나는 그의 눈을 빤히 바라보았다. 그가 장난스런 웃음기를 띠며 입을 열었다.

"당신, 신학생이 맞죠?"

"예에?"

"척 보면 딱이지. 난, 당신이 가진 눈이랑 똑같은 눈을 20년이나 보면서 자란 사람이요. 누군지 아시오? 우리 아버지. 불쌍한 허무주의자. 허무를 이기지 못하면 진짜 허무에 도달하지 못한다는 밥맛 떨어지는 소리만 주절거리던 가련한 목자. 흐흐, 그 눈이 바로 이 눈이었다오."

장백현의 손가락이 내 눈을 찌를듯 다가왔다. 나는 주춤거리며 뒤로 물러섰다. 그 말을 끝내기 무섭게 장백현은 방을 나서 외곽 계단을 타고 내려가기 시작했다. 한 줄기 돌개바람이 밀려왔다 몰려간 것 같았다. 나는 문가에 멍하니 선 채로 그가 계단을 내려가는 모습을 바라만 보았다.

그는 계단을 다 내려가 호텔을 빠져나갈 때까지 한 번도 뒤를 돌아보지 않았다.

"뱅갈로르……."

나는 테라스에 앉아 번잡한 시장통의 인파 속을 헤쳐나가는 장백현을 묘한 기운에 휩싸인 채로 내려다보았다. 거짓말처럼 불쑥 나타났다가 사라진 장백현이 무굴제국의 처량한 후손들이 적어놓은 황당하기 짝이 없는 잡서 『라마할디』에 등장하는 어떤 한 인물과 매우 흡사하다는 생각이 든 것은, 그의 모습이 내 시야를 벗어난 직후였다.

검사관의 죽음은 우리를 혼란 속으로 몰아넣고 말았습니다. 사막 밖에서 우리들의 머리 위로 말발굽 소리가 몰려왔을 때 우리는 우리들 중에서 가장 연장자인 사람을 주시하고 있었죠. 그는 좀 전에 죽음의 기억을 찾아달라고 자신의 입으로 얘기했던 사람이었습니다. 그가 죽는 것을 목격하는 우리는 얼마나 비참할 것인가를, 저마다 생각하고 있었을 게 분명했습니다. 그런데 말발굽 소리가 지나가고 목숨을 내놓은 사람은 엉뚱하게도 검사관이었고, 우리는 배신이라도 당한 사람처럼 충격과 혼란에 휩싸여버렸습니다. 다른 이유는 없었습니다. 그가 바로 이방인(異邦人)이기 때문이었던 거지요. 정확히 말해 그는 우리를 불모의 사막으로 몰아넣은 침략자였습니다. 우리는 그들이 우리의 조상들에게 어떤 일을 저질렀는지를 잘 알고 있습니다. 그들은 위대한 왕, 샤를 바다 건너로 추방시킴으로서 우리들과 영원히 만날 수 없도록 만든 장본인들이었죠.

그들이 우리를 유린한 뒤, 과연 그들의 예상대로 우리는 우리의 밤하늘에서 별을 잃어버렸고, 슬픔의 나날을 살 수밖에 없었습니다. 우리는 우리를 평화롭게 하는 무한히 부드러운 파도, 그 놀랍도록 온화한 물결을 잃어버렸던 겁니다. 우리는 아주 긴 줄의 한쪽 끝만을 거머쥔 채 열심히 흔들고 있었지만 다른 한쪽 끝은 바닥에 늘어뜨려져 있을 뿐이었습니다. 그 한쪽 끝은 샤가 쥐고 있어야 했던 것이지요. 샤는 혼자서도 우리 모두를 감당하는 위대한 자였습니다. 그는 신의 마음을 아는 유일한 자였습니다. 오, 샤여! 그가 사라짐으로써 물결은 더 이상 만들어질 수가 없었습니다. 온화와 평화가 사라진 곳에 남은 건 오직 때릴수록 부풀어오르는 약한 살처럼 가혹한 우리의 인내뿐이었다. 우리에게 위대한 경전, 위대한 지혜서가 있었지만 그것조차 빛을 잃었습니다. 너희의 핍박을 서른 배로 갚으리라. 너희가 곤궁에 시달릴 때 산과 들은 울부짖고 함께 그 고통을 나누고 있음을 알라. 너희가 너희의 고통 속으로 나아갈수록 너희들은 발견하게 될 것이다. 너희가 어찌하여 고통스러운가를. 고통을 아는 자는 지혜를 가질 수 있고, 지혜를 가진 자는 더 이상 고통을 갖지 않는다. 경전에는 그렇게 쓰여 있었고, 그것은 우리에게 빛이었지만, 우리는 여전히 고통스러웠습니다. 그런 우리가 갈구한 것은 경전 속에서 빛나는, 우리의 핍박을 서른 배로 갚아줄 어떤 존재였습니다. 그가 예언자였다면 더할 나위 없이 좋았을 것을……. 우리들은 그렇게 생각하고 있었습니다.

말발굽 소리와 함께 맥없이 쓰러져버린 검사관의 시체를 앞에 놓고 우리는 어찌할 바를 몰랐습니다. 이방인의 죽음 — 이걸 도대체 어떻게 감당하라는 말인가? 누군가, 심각하게 한숨을 내쉬고는 말했습니다. 그래, 검사관은 이방인이 아니었을지도 몰라. 우리들 중에도 침략자와 내통한 자들이 있었고, 이 친구가 그 자들의 후손일지도 모르는 일이잖아. 다른 누군가가 나섰습니다. 그러기에는, 이 친구는 너무 잔혹했어. 우리를 저주한다고 했잖아. 적어도 이 친구의 핏속에 위대한 샤의 피가 단 한 방울이라도 흐르고 있었다면 그렇게까지 말하지는 않았을 거야. 그렇다면 도대체 이 친구의 죽음을 어떻게 받아들여야 한단 말인가? 아, 나도 모르겠어. 이럴 때 예언자가 나타나준다면……. 우리들이 내쉬는 한숨은 검푸른 안개가 되어 마을을 뒤덮어버릴 것만 같았습니다. 그때 누군가가 말했습니다. 이건 명백해! 뭐가? 말이 피를 흘리며 허공에 떠 있는 걸 우리는 똑똑히 보았어. 그래서? 검사관이 죽기 전에 말을 향해 총을 쏘았고 총알이 말의 목덜미를 관통했지만 말은 죽기는커녕 아주 부드럽게 땅으로 내려왔잖아. 그, 그래서? 그런데 이젠 검사관이 죽었어. 그래서 어쨌다는 거야. 이건 명백해! 도대체 뭐가 명백하다는 거야? 예언자가 우리를 위해 검사관을 죽이기라도 했다는 거야? 맞아. 바로 그거야. 그게 명백한 사실이란 말이야! 나는 누군가의 환희에 들뜬 목소리가 끝나자 천천히 고개를 가로젓고 있는 사람을 보았습니다. 고개를 가로젓던 사람이 입술을 움직였습니다. 그게 명백한 사실이라면 우린 심각한 곤란에 빠질 거야. 그건 또 무슨 소리요? 생각해봐. 검사관 이 사람은 그냥 죽은 게 아니라 말발굽 소리에 밟혀 죽었어. 이게 만약 예언자가 한 일이라면, 이제껏 말발굽 소리에 밟혀 죽은 노인네들 또한 모두가 예언자에 의해 죽임을 당했다는 말이 되잖아. 그의 말에 우리는 아무도 대꾸를 하지 못했습니다. 너무도 당연한 추론이었기 때문이죠. 예언자는 우리들 사이에서 우리의 희망이 되었다가 곧바로 절망이 되어버렸습니다. 저는 더 이상 뒤편으로 물러서 있을 수가 없다는 생각이 들었습니다. 나는 숨을 가다듬은 뒤 사람들 앞으로 나섰습니다. 여러분, 죽음은 종족을 가리지 않습니다. 제 말이 떨어지자 주위가 물을 끼얹은 듯 조용해졌습니다. 저는 햇살이 빗줄기처럼 쏟아져 내리는 들판을 아득한 눈으로 바라보았습니다. 물론 그곳은 더 이상 들판이 아니라 그저 엄청난 돌무더기가 깔려 있는 돌밭일 뿐이었죠. 해마다 몰아닥친 홍수가 사막의 돌들을 모두 우리 마을로 몰아왔기 때문입니다. 언젠가 그곳에서 우리가 채소를 가꾸고 과일을 따먹었다는 것이 믿어지지 않았습니다. 사람들은 제가 침묵을 지키는 동안을 용케 견뎌주었습니다. 나는 다시 숨을 고르고 나서 입을 열기 시작했습니다. 오늘 우리는 그저 하나의 죽음을 맞이했을 뿐입니다. 저는 제 등 뒤에 어떤 존재가 버티어 있다는 것을 느끼고 있었습니다. 그는 입김을 불어 제 등을 따스하게 만들어주었습니다. 하지만 저는 뒤를 돌아보지 않았습니다. 물론 돌아본다고 제가 그를 발견하지는 못할 것이었습니다. 저는 담담히 말을 이었습니다.

죽음에 다른 의미는 없습니다. 우리의 어른들이 차례로 죽어갔듯이, 그저 하나의 죽음일 뿐입니다. 우리는 우리의 눈앞에 벌어진 놀라운 광경에 대해 왜 이런 일이 일어났는지를 알지 못한다는 이유만으로 두려움에 온통 우리의 마음을 빼앗기고 말았습니다. 알 수 없는 일을 두려워해야 하는 이유가 무엇입니까? 우리가 알 수 있는 일이란 얼마나 될까요? 왜 홍수가 우리 마을을 덮쳤는지 알 수 있는 사람이 우리들 중에 과연 있을까요? 우리는 아무 것도 알지 못해도 지금까지 살아왔습니다. 죽음을 알고 죽는 사람은 아무도 없습니다. 우리가 알고 있는 것은 아무 것도 우리가 알지 못한다는 것뿐입니다. 위대한 샤는 경전을 통해 우리에게 가르쳐주었습니다. 너희가 침묵에 귀를 기울일 때 소리를 들을 수 있을 것이요, 소리를 듣고 나서야 비로소 침묵을 알 것이다. 저 사막 밖으로부터, 모래의 폭풍 속에 밀려온 말의 발굽 소리를 듣는 동안 우리들 중 어떤 이는 죽음의 침묵 속으로 가셨습니다. 그 이유를 우리는 아무도 알지 못합니다. 그 이유를 알지 못한다는 대가가 바로 우리의 두려움이었습니다. 우리는 그저 말의 발굽 소리가 죽음을 불러오고 삶을 빼앗아간다고만 생각했습니다. 사실 우리는 모르는 게 아니었습니다. 죽음의 이유를 알고 있었습니다. 왜 말발굽 소리에 우리의 노인들이 죽어가야 했는지를 우리는 알고 있었던 겁니다. 바로 그 말발굽 소리가 죽음을 불러왔으니까요. 하지만 그렇다고 무엇이 달라졌습니까? 왜 말발굽 소리가 죽음을 불러오는지를 모르기 때문인가요? 하지만 그 이유를 알았다고 합시다. 가령, 어떤 사악한 자가 흑마술을 부려 말발굽 소리에 죽음의 씨앗을 묻어놓았다고 말입니다. 그 이유를 알았다고 해서 죽음으로부터 우리의 노인들을 구할 수 있었으리라고 생각하십니까? 앎이란 끊임없이 다른 앎을 잉태하는 씨받이와 같습니다. 우리는 처음부터 잘못된 길을 걸어왔습니다. 맥락을 잘못 짚은 겁니다. 우리 자신은 멀찌감치 팽개쳐놓은 채 우리는 우리의 문제를 해결하려고 발버둥을 쳤습니다. 저는 예언자가 왜 우리를 떠났는지 알 것 같습니다. 그는 자신이 내놓은 예언의 무게를 감당하지 못해서가 아니라, 우리를 위해 떠났습니다. 우리를,

우리 자신을 위해서 말입니다. 우리가 우리에게로 갈 수 있도록 그가 떠난 것입니다. 위대한 샤의 지혜의 책에는 이렇게 쓰여 있질 않습니까. 너희가 한 마리 새의 움직임을 명확히 볼 수 있으면 물속의 고기들을 알 것이다. 너희가 물속의 고기들이 봄날에 알을 낳는 것을 명확히 볼 수 있으면 너희의 몸속에서 생명이 어떻게 자라는지를 알게 될 것이다. 너희가 한 과실나무의 열매가 맺히는 것을 명확히 볼 수 있으면 하늘이 땅으로 내려오고 땅이 하늘로 올라가는 이치를 알게 될 것이다. 제가 지금 읊조린 문장들을 여러분은 모두 압니다. 하지만 우리는 왜 이 앎으로부터 지혜를 얻지 못한 것일까요? 저는 우리에게 왜 그렇게 많은 팔 없는 자, 눈알 없는 자, 비열한 자, 슬픈 자가 생겨났는지를 알 것 같습니다. 우리의 자식이 우리의 누이에게서 잉태되지 않았을 때는 그런 자는 없었습니다. 우리는 열매를 맺는 과실나무를 보고도 하늘과 땅이 형제처럼 어울리는 것을 알지 못했습니다. 우리는 하늘의 법을 이해하지 못했습니다. 이해하지도 못한 그 법을 우리는 어겼노라고 두려워했습니다. 그래서 예언을 갈구했습니다. 우리가 가야 할 길을 알려줄 자를 기다리면서 우리는 송두리째 우리를 잃어버렸습니다. 하지만 예언은 우리들 지혜의 책에 이미 수없이 많은 언어와 수사로 기록되어 있었습니다. 이유도 목적도 없는 우리의 두려움은 우리 자신을 저주의 굴레로 만들어버렸습니다. 우리는 사막의 한가운데로 내몰려왔다고 스스로를 저주하면서도, 저주는 모두 이방인들의 사악한 마음에서 나온 것이라고만 여겼습니다. 그렇다면 우리는 하늘의 빛과 노래를 받기 위해 하루 종일 어두운 토굴 속에서 불면의 날들을 보내고 있는 저 수행자들만큼 어리석은 존재입니다. 우리는 지금 우리 자신을 알지 못한 대가를 치르고 있을 뿐입니다.

저의 길고 긴 사설은 거기서 끝이 났습니다. 제가 말을 하는 동안 아무도 방해하지 않았습니다. 이윽고 저는 허리를 굽혀 검사관의 시체를 안아 올렸습니다. 가슴이 메어지는 것 같았습니다. 허망함이 온몸을 음습하고 있었기 때문입니다. 저는 지혜의 책을 인용해가면서 사람들에게 설교를 했지만, 정작 저 자신은 허망해져 있었던 것입니다. 그러나 저는 알고 있었습니다. 제가 제 자신을 알지 못한다는 것을 말입니다. 저는 검사관이 왜 말발굽 소리에 죽어갔는지를, 결코 알 수 없었습니다. 그리하여 사람들 앞에 흩어놓았던 제 말이 얼마나 공허한 것이었는지를, 저는 뼈저리게 느끼고 있었습니다. 예언자의 집에서 마을로, 긴 언덕길을 내려가는 동안 저는 기원하고 소망하고 빌었습니다. 죽음이 제게로 와서 기꺼이 제 목숨을 가져가기를.

8. 천국, 두고 나오다

나는 다시 시작하고 싶었다. 그리고 시작은 죽음으로부터 비롯되어야 했다. 죽음이 아니면 시작은 없기 때문이었다. 내가 다음의 목적지를 장백현이 일러준 벵갈로르로 잡았으면서도 일단 델리로 돌아간 것은 바로 처음부터 다시 시작하기 위해서였고, 그 시작을 무덤에서 비롯하기 위해서였다.

델리에는 바로 죽음이 있었다.

타즈마할.

나는 두 달 전 인도 땅을 처음 밟았던 그곳에 있었다. 야무나 강변의 황혼, 거대한 아름다움의 몰락에 나는 다시 서 있었다. 그리고 나는 두 달 전과 조금도 다르지 않은 것과 완전히 다른 것, 그 두 가지의 상반된 감회에 젖어 있었다. 아무 것도 달라지지 않은 것은 조형물에 속아온 우리들의 역사였으며, 완전히 달라진 것은 시간의 무의미함이었다.

타즈마할은 샤 자한과 열다섯 번째 아이를 낳다가 죽은 그의 아내 뭄타즈마할의 죽음을 여전히 숨겨놓고 있었다. 보는 이를 자극하는 것은 옛 얘기가 아니라 그 옛 얘기를 짓누르고 있는 대리석의 웅대한 건물이었다. 뭄타즈마할의 비극은 그 불가사의한 건축술을 낳게 한 가장 비극적인 소재일 뿐이었다. 타즈마할은 산처럼 높은 불상(佛像)에 다름 아니었다. 산처럼 높은 불상이 인간들의 가슴에 부처의 마음을 산처럼 높게 쌓아주지 못한다면, 타즈마할을 짓기 위해 돌무더기에 깔려 죽어간 자들의 영혼은 위로받을 수 없을 터였다. 결국 역사란 유적들에 대한 값비싼 안내서일 뿐이다. 그것이 바로 세상에서 가장 아름다운 풍경이라는 황혼녘의 야무나 강변에서 타즈마할을 바라보며 내가 느낀, 두 달 전과 조금도 달라지지 않은 감회였다.

그러나 시간에 대한 나의 관념은 완전히 바뀌어 있었다. 시간은 멈추어 있었다. 시간이 멈추어져 있는 한 나는 어디로도 갈 수 있었다. 타임머신 따위를 타지 않고도 가능한 여행이었다. 시간의 흐름이란 더 이상 내게 의미로운 진행일 수 없었다. 시간이 약이라는 말을 내 격언의 목록에서 지워버렸다. 시간이 해결할 수 있는 상처란 시간에 의해 입은 상처일 때만 가능할 뿐이라는 것을 나는 알았다. 하지만 상처란 시간에 의해 입혀지는 것이 아니다. 상처는 오직 인간에 의해 만들어진다. 당신이 아니면 내가 입힌 것이다. 당신이 나를 상처 입히거나, 내가 당신을 상처 입히거나, 당신이 당신을 상처 입히거나, 내가 나를 상처 입힐 뿐이다. 하지만 우리는 시간이 그 상처를 치유해 줄 수 있으리라고 기대해왔다. 번번이 실패하면서도.

시간이 약이라니!

우리는 그저 잊었을 뿐이다. 잊음이 치유라고 여길 정도로 우리는 어리석었다.

"타즈마할을 보라."

나는 그렇게 외치고 싶었다. 샤 자한은 왜 거대한 무덤을 만들었는가? 왕비의 가련한 생을 위해? 통한의 삶을 위해? 그랬다. 하지만 그는 지금 어디에 있는가? 그리고 그가 통한의 삶을 살았다고, 그래서 거대한 무덤을 지어 위로하려 했던 그의 아내는 어디에 있는가? 그들은 지금 타즈마할에 있는가? 이 물음에 "있다"라고 답할 수 있는 자는 아무도 없다. 그들은 결코 타즈마할에 없다. 있다면, 보는 이의 감각을 압도하는 웅대한 대리석 건물에 빙의된 그들의 창백한 혼령뿐이다. 혼령이 곧 그들이라고 우긴다면 할 수 없지만.

보리수 아래 금강(金剛)의 좌(座)[13]에 앉을 수 있다면, 그대, 고

---

13) 샤카족의 왕자로 태어난 싯다르타는 해탈의 도를 찾아 세속의 생활을 버리고 고행을 하던 중 해답을 얻지 못한 채 우르베라(Uruvela) 마을(보드가야)의 거대한 보리수 아

통의 한 자락을 거둘 수 있으리. 그렇게 거두어진 한 자락의 고통을 지고 삶의 끝까지 갈 수 있다면, 그대, 항하(恒河)의 모래만큼 많은 살가죽에 둘러싸인 자의 고통을 모두 헤아릴 수 있으리. 그러나 그때, 그대는 어디에 있는가? 그대가 보리수 아래 금강의 자리 위에서 거두어 온 한 자락의 고통은 그때, 어디에 있는가? 갠지스 강의 모래 속에 묻어두었는가? 그 한 자락의 고통이 씨앗으로 움을 틔워 저 갠지스의 죽음을 씻어냈는가? 지금, 그대는 어디 있는가? 보드가야의 보리수 아래, 시간을 잊었던 석가의 견고한 그 자리, 거기에 앉을 수 있다면 — 아, 그대는 또다시 그대를 잃으리. 정녕 여기에도 없고, 거기에도 없고, 저기에도 없으리. 돌아가라! 보드가야의 거대한 보리수 아래 석가가 앉았던 금강의 좌는 그대로 두라. 그것은 그대의 자리가 아니다. 거기에 잠시 앉아 거둘 수 있는 고통이 있다 해도 그대, 그것을 탐하지 말라. 그것은, 그대의 것이 아니므로. 그리하여 이제, 돌아가라!

래에서 깊은 명상에 잠긴다. 이 자리는 싯다르타가 시간을 잊은 명상 속에서 먼동이 틀 무렵 마침내 깨달음을 얻은 곳으로 불교 최고의 성지가 된다. 지금 이곳에 있는 보리수(Bodhi Tree)는 1870년대에 심어진 것으로 당시에 죽어가는 원목에서 씨를 채취해 심어졌다고 한다. 그 아래에 석가가 앉았던 금강좌(金剛座)가 있다.

델리를 떠나 벵갈로르를 향하고 있던 '에어 인디아' 안에서 나는 언젠가 질리안의 유연한 동작으로 보았던 '구부러진 직선'을 다시 만날 수 있었다. 그 구부러진 직선은, 내가 탄 비행기 좌석의 주머니에 꽂혀 있었다. 네 시간짜리 비행의 지루함을 잠으로 쫓고 있던 내가 멍한 상태에서 눈을 떠 무심코 펼쳐든 관광 안내 책자 안에 그 구부러진 직선이 박혀 있었던 것이다.

그것은, 시처럼 빈번하게 행갈이를 해놓은 건 아니었지만, 어떤 시보다 우아한 선율로 내게 다가왔다. 세상의 모든 견고한 장애를 피해 나아가는 직선 — 나는 한국어로 적혀 있는 놀라운 운율 앞에서 그만, 내 가슴을 무너뜨리고 말았다.

돌아가라!
석가의 금강좌는 그대의 것이 아니므로.

그때 나는 기항지(寄港地)를 잃어버린 한 척의 국적 없는 배와 같았다. 무굴제국의 악바르 황제가 세운 신성종교의 발꿈치조차 발견하지 못한 채, 그토록 견고하게 보이던 인간들의 세계가 실은 물렁하기 짝이 없다는, 혹은 만지면 가루가 되어 바스러질 것처럼 푸석하다는 사실을 절감하고 있던 내게 그 유연한 직선은, 피난처였다. 타즈마할의 아름다움에 대한 상념도, 샤 자한의 애틋한 노래에 대한 상념도, 먼지처럼 가벼웠다. 일체의 부정(否定)도, 모든 구역질도, 묻어버렸다. 세상은 내게 물기를 모두 증발시켜버린 채 수천 년을 살아온 미라와 같은 존재로 다가왔다.

돌아가라.

그래, 나는 돌아가는 중이었다.

그런데 세계적인 컴퓨터 회사의 광고 여백에다 적어놓은 그 글의 말미에 눈길이 가고 거기서 J. B. H라는 영문 이니셜을 발견했을 때 내 입이 절로 벌어졌다. 그리고 친근한 사람의 이름을 부르듯 내 입술이 움직였다.

"장백현!"

참을 수 없이 웃음이 터져나왔다. 장백현이라면 이런 글을 쓰고도 남을 인간이란 생각이 들었다. 벵갈로르를 내게 가르쳐준 그가 혹시나 비행기에 타고 있을지 모른다는 생각을 하며 나는 자리에서 일어나 괜히 주위를 둘러보기까지 했다. 물론 그가 있을 리 만무했다.

실제로 글을 쓴 사람이 장백현이든 아니든, 인도항공에서 발행한 관광 안내 책자 안에서 발견한, 한국어로 된 '구부러진 직선'을 나는 조심스럽게 찢어 주머니에 넣었다. 주머니가 두툼해졌다. 70여 일 전에 아함무르 박사가 내게 주었던 또 다른 '구부러진 직선'이 주머니 안에 들어 있었다.

로버트 프로스트가 쏘아올린 유연한 직선.

시작과 끝은 없다네.

있다면, 오직 중간뿐.

*

나는 잠이 들었다.

깊은 잠이었다. 야무나 강변에서 나는 질리안과 목욕을 했다. 그녀에게 입을 맞추자 그녀는 홀연히 사라져버렸다. 나는 샤가 되어 있었다. 궁궐에서 찢어지는 여인의 비명소리가 들려왔다. 나는 허리에 차고 있던 칼을 뽑아 팔뚝을 그었다. 피가 솟아올랐다.

나는 시립하고 있던 자에게 말했다.

"왜 여인만이 아이를 낳는가?"

시립하고 있던 자가 대답했다.

"여인의 업입니다. 그들이 지은 죄의 대가입니다."

나는 칼을 들어 그의 목을 베어버렸다.

"더러운 놈! 어리석은 놈! 그렇다면 우리가 모두 죄인이란 말인가! 여인의 자궁에서 기어 나오지 않은 놈이 누구인가!"

나는 구름을 타고 어딘가로 흘러가고 있었다.

밤이었다. 구름에서 내리자 휘황한 빛들이 사방에 퍼져 있었다.

한 여자가 말했다.

"당신이 누구이든 나는 당신을 왕으로 만들어줄 수 있어. 내게 이십 달러만 투자한다면."

나는 그녀의 물컹한 젖가슴을 바라보며 천천히 거리를 떠났다. 한 남자가 새하얀 시트 위에 누워 있었다. 그의 가슴은 절개되어 있었다. 나는 그 곁에 서서 절개된 가슴 안쪽을 내려다보았다. 거뭇하게 죽어가는 장기들이 보였다.

침대에 누워 있던 남자가 내게 물었다.

"당신은 누구요?"

내가 말했다.

"예, 저는 아무도 아닙니다, 박사님."

그가 맑게 웃었다.

"잘 있게."

그가 한 말이었다.

*

누군가가 나를 흔들었다.

"곧 도착합니다. 벨트를 매주시겠습니까?"

가무잡잡한 얼굴의 여자가 내 얼굴 가까이에서 웃고 있었다.

"고마워요,"

하고 나는 힌두어로 말했다. 그녀가 웃으며 돌아섰다.

"잠깐만."

그녀가 돌아섰다.

"혹시, 뭐 하나, 물어봐도 되겠습니까?"

여자가 입꼬리를 올리며 환하게 웃었다.

"어렵지 않은 걸루요."

그녀의 영어는 유창했다. 나는 손가락으로 앞이마를 긁으며 잠시 생각했다. 나는 가만히 침을 삼키고 나서 그녀에게 말했다.

"라마할디, 라마할디가 무슨 뜻인지 아십니까?"

여자가 이마에 주름을 잡았다. 곰곰 생각하는 듯했지만, 대답은 더뎠다. 비행기가 자주 덜컹거렸다. 여자가 승무원 대기실 쪽을 힐끔거리더니 고개를 갸우뚱했다.

"됐습니다. 그냥 사람 이름인 것 같은데, 혹시 무슨 뜻이 있나 해서 물어봤습니다."

나는 안전벨트를 채우면서 다시 고맙다고 덧붙였다. 스튜어디스는 돌아서서 가면서 몇 번이나,

"라마할디?" 하고 중얼거렸다.

"그게 뭐든 상관할 바 있나……."

창밖으로 회색의 구름이 가볍게 지나가고 있었다.

여기까지 왔군요. 저의 구술도 이젠 끝을 맺을 시간이 되었네요. 더 이상 아무 것도 알 수 없고, 아무 것도 말할 수 없습니다. 신은 저에게 더 이상 가르쳐주지 않습니다. 그리고 당신은 처음부터 없었던 것처럼 보이지 않습니다. 저를 여기까지 오게 한 것은 무엇이었을까요? 말발굽 소리는 왜 저만을 피해간 것일까요? 마을에는 이제 귀신조차 남아 있지 않습니다. 저승사자가 죽음의 목록을 태워

버린 것 같습니다. 그렇지 않다면 왜 여기에 저만 홀로 남겨져 있는 걸까요? 그는 왜 저를 찾아오지 않는 걸까요? 그래요, 알 수 없는 일일 뿐이지요. 제가 그걸 안다고 달라지는 건 아무 것도 없겠지요. 그런데 참 이상하네요. 며칠 동안 아무 것도 먹지 않았는데, 왜 배가 고프지 않은 건지 모르겠네요. 며칠 동안 잠을 자지 않았는데도 왜 피곤하지도 않고 졸음이 오지도 않을까요?

도대체 누가 저를 이렇게 만든 걸까요? 그래요, 이것도 관두죠. 알려고 하지 말아야겠어요. 알 수도 없는 일이니까요. 지혜서도 얼마 남아 있지 않았네요. 하기야 벌써 열흘이 넘었군요. 추위를 피하기 위해 한 장 한 장 뜯어서 태우기 시작한 지가. 어디 봅시다. 남은 말씀들 중에 뭐가 있나요. 음, 이거 참 좋은 얘기네요. 너희가 산을 오를 때 햇볕이 움직이는 것을 보지 못하듯 너희가 움직일 때 산이 움직이는 것을 보지 못하리라. 그렇죠, 이건 참으로 맞는 얘기네요. 언젠가 예언자도 비슷한 얘기를 했었던 기억이 납니다. 그는 이렇게 말했었죠. 우리는 겸손하고, 우리는 천국을 압니다. 지혜로운 자는 자신이 한 일을 남을 통해 알려 하지 않고, 그 결과를 묻어버립니다. 햇빛을 보기 위해서는 가만히 두 발을 땅에 붙여놓고 있어야 합니다. 눈을 감으면 더 잘 볼 수 있지요. 따스한 손길, 온화한 입김. 당신은 겸손하고, 당신은 천국에 있습니다. 오, 이 말을 제가 기억하고 있다니요! 참으로 기특하군요. 어디 봅시다. 또 무슨 말씀이 남아 있을까요. 그래요, 이런 게 있네요.

적음이 많음을 능가하고, 없음이 있음을 채워주나니, 너희들은 밭을 갈 때 흙으로 너희들의 살을 일구게 하라. 너희들은 곡식과 과일로 배를 채우지만, 땅과 하늘은 너희들의 가슴으로 뼈를 만드나니, 살은 흙으로 돌아가고, 그 흙이 다시 너희를 만든다. 무엇을 있다 하고 무엇을 없다 하는가. 있음을 보라. 너희가 죽을 때 있음을 안다. 없음을 보라. 너희가 살 때 없음을 보지 않았는가. 영원히 있음도 영원히 없음도 이와 같다. 무엇이 같고 무엇이 다른가. 다름을 보라. 너희가 너희를 미워하고 능멸하는 곳에 다름이 있다. 같음을 보라. 너희가 너희를 욕망하고 갈구할 때 거기에 같음이 있음을 보지 않았더냐. 무엇이 슬프고 무엇이 기쁜가. 무엇이 선하고 무엇이 선하지 않은가. 무엇이 위함이고 무엇이 해침인가. 모두가 이와 같다. 강으로 나가 발을 씻으라. 너희들이 발을 씻은 물이 너희들의 이를 닦이리라. 너희들이 쏟은 오물이 너희들을 살찌우리라. 너희가 핍박에 몰려 울부짖을 때 너희들은 복을 묻어버리고는 찾을 것이다.

휴우—! 이런 말씀들이 남아 있었군요. 씁쓸한 일이지요. 그나저나 여기까지 저를 데려온 건 누구일까요? 왜 저를 말발굽 소리로부터 구해준 것일까요? 젠장, 떨려서 더 이상 못 있겠어요. 이걸 다 태워버리고 나면 혹시 사막 밖에서 저를 데리러 오는 말발굽 소리가 들려올지도 모르겠군요. 어쩌면 이 지혜서라는 것 때문에 아직 저를 데려가지 않았을지도 모르겠네요. 하기야 우리 마을 사람치고 나만큼 이 지혜서를 애지중지한 놈은 없었죠. 지금까지야 이게 날 지켜주었다고 하지만, 나도 이젠 지쳤어요. 내가 이걸 태우려고 생각한 건 참 잘한 일인 것 같아요. 아니, 확실히 잘한 일이죠. 어차피 이게 다 타고 없어지면 제게도 희망이란 게 사라져버릴 테니까요. 지혜서에 그렇게 쓰여 있지 않습니까. 희망은 불이요, 절망은 재라고. 불을 붙이지 않고서야 어찌 재가 될 수 있겠습니까. 희망에서 절망으로 가는 건 노를 젓기만 하면 강을 건너가는 이치와 다를 바 없지요. 자, 자, 이제 모두 태워버려야겠어요. 태워버리기 전에 어디, 지혜서의 마지막 부분을 한 번 읽어볼까요? 음, 그래그래, 마지막이란 모두가 장엄하지만, 이건 정말 지독하군요.

너희가 오리라는 것을 아는 자는 누구인가. 너희가 가리라는 것을 아는 자는 누구인가. 너희가 끝없이 오고 가는 것을 아는 자는 누구인가. 그는 너희가 오고감을 끝낼 때 마주할 자이니, 그는 누구인가. 그가 누구인가를 묻는 자, 바로 그이니. 위대한 샤의 영혼을 가진 자이니.

에필로그

솔직히, 나는 고백할 수밖에 없다.

나는 『라마할디』의 세계를 이해하지 못한다. 힌두어에 대한 짧은 해석력 때문이 아니다. 나는 『라마할디』에 등장하는 라마할디라는 예언자와 그 예언자를 신으로 알았던 '나', 그리고 '나'라는 사람이 신의 말씀처럼 간직했던 지혜의 서를 이해할 수 없었기 때문이다.

내게 있어서 신은 여전히 천상에 존재하는, 천상에 존재하며 우리의 모든 일을 주관하는 어떤 존재였다. 하지만 그는 끊임없이 "나는 신이다!"를 외치게 만들었다. 스스로 신이 되지 않는 자는, 어떤 존재자로서의 신을 상정하는 자는, 결국 허망한 죽음을 맞이한다는 것을, 『라마할디』는 시종일관 과장된 어법으로 주장하고 있었다. 사막 밖에서 몰려오는 말발굽 소리의 존재, 이방인인 검사관의 죽음, 끊임없이 닥치는 재앙에 대한 몰이해 — 이것들을 『라마할디』는 모두 나 자신을 알지 못한 죄의 대가로 몰아갔다.

하지만 한 가지만은 알 것 같다.

내가 자유롭지 못하다는 것. 그런데 나는 왜 내가 자유롭지 못한지에 대해서는 알지 못한다. 나를 자유롭지 못하게 하는 것이 육체인지, 정신인지, 세상인지, 욕망인지, 알 수 없다. 그런 것들 중의 하나일 것 같지만 그 모두인 것도 같다. 그러나 생각해보면 그 모두도 아닌 것 같다. 어쩌면 『라마할디』에 등장하는 지혜의 책이 시종일관 은유의 언어로 강변했던, 내가 나를 알지 못함에서 생겨나는 것인지도 모른다. 나를 알지 못함으로 결국 나는 자유롭지 못하다. 내가 자유롭지 못함으로 남들 또한 자유롭게 할 수 없다!

그래, 무엇이든, 일단, 이대로 두자.

언젠가는 알아질 것이다. 모른다고 해도, 어쩔 수 없다. 지금은, 스리랑카의 콜롬보 공항으로 가야 한다.

*

아함무르 박사에게 전화를 한 것은 인도를 여행하며 세 달째를 보내고 있던 벵갈로르에서였다.

그러니까 지금으로부터 이틀 전 밤이었다. 박사는 수술을 받기 위해 대기 중이었다. 부인의 말로는 몇 시간 뒤면 수술실로 들어간다고 했다. 나는 어렵게 박사와 통화를 할 수 있었다. 박사의 목소리는 가늘었고, 송수신 상태도 좋지 않았다.

"돈은 남아 있나?"

"몇 백 달러는 남아 있어요, 박사님."

"그럼 됐어. 그거라면 한 달은 버티겠구만."

"아닙니다. 돌아가려고 해요."

"왜?"

"박사님이 보고 싶어서요. 그리고 박사님 곁에서 천사로 남고 싶어서요."

"쯧쯧, 조, 헛돌아다닌 거 아냐?"

"무슨 말씀이세요?"

"천사란 원래 곁에 있는 존재가 아니야. 내가 마취에서 깨어나기 전까지 나와 함께 유영하는 존재란 말이야. 인도를 석 달씩이나 돌아다니고도 아직 그걸 모르다니."

"알겠습니다. 그럼 더 있다 찾아뵙겠습니다."

"그래, 이번엔 좀 다른 곳을 구경해보게나."

전화를 끊고 나서 나는 참 오랜만에 기도를 할 수 있었다. 하지만 두 손을 모으자 거짓말처럼 아무런 생각도 나질 않았다. 어떤 기도의 말도 중얼거려지지 않았던 것이다.

나는 그냥 두 손을 모은 채 가만히 있기만 했다. 그리고 한참이 지난 뒤 마주 잡았던 손을 풀었다. 내가 손을 풀었다기보다는 손이 저절로 풀렸다고 하는 게 옳을 것이다. 여전히 별다른 생각이 떠오르지 않았다. 그러다가 불쑥 떠오른 것이 질리안이었다.

지체하지 않고 전화를 걸었다.

"조? 당신, 정말 조야? 정말?"

그녀는 도둑이라도 든 것처럼 꽥 소리를 질렀다.

"어디야?"

"인도."

"브라보!"

"오해하지 마. 요가 배우러 온 게 아니니까."

"그럼 뭣하러 갔어?"

"아함무르 박사님 조수 자격으로."

내 말에 질리안은 실망한 듯 잠잠했다.

"질리안, 당신이 보고 싶어."

"뭐라구?"

"당신을……."

나는 다음 말을 삼켜버렸다. 하지만 그녀는 내가 무슨 말을 삼켜버렸는지 알고 있었다. 그렇지 않았다면 할 수 없었을 말을 그녀가 하고 있었다.

"지금 당장 엘에이로 올 게 아니라면, 지금 당장 말해. 당신 있는 데를."

"여기, 벵갈로르."

"지금 당장 나한테 올 수 없다는 거지, 그러니까?"

"무슨…… 뜻이야?"

"알았어. 거기, 전화번호 가르쳐줘. 10분 뒤에 전화를 걸 테니까."

그렇게 전화가 끊기고 10분이 지났지만 그녀에게서 전화는 걸려오지 않았다. 그녀로부터 전화가 걸려온 것은 1시간이나 지난 뒤였다.

『라마할디』의 마지막 부분을 막 읽고 있을 때였다.

너희가 오리라는 것을 아는 자는 누구인가?

너희가 가리라는 것을 아는 자는 누구인가?

너희가 끝없이 오고가는 것을 아는 자는 누구인가?

그는 너희가 오고감을 끝낼 때 마주할 자이니,

그는 누구인가?

그가 누구인가를 묻는 자, 바로 그이니.

위대한 샤의 영혼을 가진 자이니.

"조, 거기서 콜롬보까지 얼마나 걸리지?"

송수화기를 들자마자 질리안은 다짜고짜 그렇게 물어왔다.

"콜롬보? 스리랑카 말이야?"

"응, 스리랑카. 벵갈로르로 가는 비행기는 이틀이나 뒤에 있대. 난 그때까지 기다릴 수 없어. 두 시간 뒤에 스리랑카로 가는 비행기가 있는데, 난 그걸 탈 거야."

나는 눈물이 핑 돌았다.

2년 전 엘에이를 떠난 것은, 그녀를 떠난 것에 다름 아니었다. 애틀랜타에서 지내면서도 그녀를 잊을 수는 없었다. 아함무르 박사가 아니었다면 나는 아마도 질리안에 대한 그리움으로 병이 걸려 죽었을지도 몰랐다. 아함무르 박사는 또 하나의 질리안이었을지 몰랐다.

둘은, 똑같이, '나는 신'이라고 강변했다. 둘이 다르다면, 남자와 여자라는 것뿐이었다. 하지만 나는 둘 모두를 사랑했다. 물론 질리안에 대한 사랑을 온전히 확인하는 데는 2년이라는 시간과 인도라는 거대한 혼돈의 대륙이 개입하고 있었지만.

"나한테 있는 돈으로는 비행기를 탈 수가 없어. 그래서 스리랑카까지는 꽤 걸릴 거야. 네가 미국에서 날아오는 것만큼."

내 목소리가 표나게 떨렸다. 질리안의 숨소리가 수화기를 타고 흘러들어왔다. 나는 여전히 떨리는 목소리로 말했다.

"그래서 나도, 지금, 출발해야 할 것 같아."

"내일, 콜롬보에서 만나, 우리."

그러고 나서 잠시 틈을 두었다가 그녀가 말했다.

"Good-bye."

내가 받았다.

"God bless ye(신이 너와 함께 하고 있어)."

그녀의 웃음소리가 수화기에 뚫린 구멍을 타고 빗줄기처럼 쏟아졌다. 송수화기를 내리며 나는 나직이 중얼거렸다.

"그럼, 내가, 신이야?"

내 목소리는 하나의 울림이 되어 방안으로 가만가만 퍼져나갔다. 그 울림은 분명히 내 목 안에서 만들어져 나온 것임에도 불구하고, 오래 전, 아주 먼 곳으로부터 건너와 내 몸 안에 숨어 있다가 이제야 울려나오는 것처럼 느껴졌다.

그것이 무엇인지, 나는 물론 알 수 없었다.

천국에서 돌아오다

지은이_ 하창수
펴낸이_ 조현석
펴낸곳_ 북인
디자인_ 푸른영토

1판 1쇄_ 2016년 12월 31일
출판등록번호_ 313 - 2004 - 000111
주소_ 121 - 842 서울 마포구 서교동 467 - 4, 301호
전화_ 02 - 323 - 7767
팩스_ 02 - 323 - 7845

ISBN 979-11-87413-10-3 03810

이 책은 강원도, 한국문화예술위원회, 강원문화재단 후원으로 발간되었습니다.